我想写从少年时代便被剥夺了自主性的孩子,
我想记录下母职这无法反驳的天命,
我试图速写被社会高速运作抛下的老年人……
作为母亲、女儿、人的困境。

茫然尘世的珍宝

黎戈 著

江苏凤凰文艺出版社

图书在版编目（CIP）数据

茫然尘世的珍宝 / 黎戈著. —— 南京：江苏凤凰文艺出版社, 2024.9
 ISBN 978-7-5594-8657-8

Ⅰ.①茫… Ⅱ.①黎… Ⅲ.①散文集–中国–当代 Ⅳ.①I267

中国国家版本馆CIP数据核字(2024)第094062号

茫然尘世的珍宝

黎　戈　著

责任编辑	项雷达
图书策划	刘　平　王慧敏
装帧设计	所以设计馆
出版发行	江苏凤凰文艺出版社
	南京市中央路165号，邮编：210009
网　　址	http://www.jswenyi.com
印　　刷	北京中科印刷有限公司
开　　本	787毫米×1092毫米　1/32
印　　张	11.25
字　　数	160千字
版　　次	2024年9月第1版
印　　次	2024年9月第1次印刷
书　　号	ISBN 978-7-5594-8657-8
定　　价	68.00元

江苏凤凰文艺版图书凡印刷、装订错误，可向出版社调换，联系电话025-83280257

茫然尘世中

这是我唯一能手握的金沙

我 只 需 知 道

春 天 就 在 眼 前

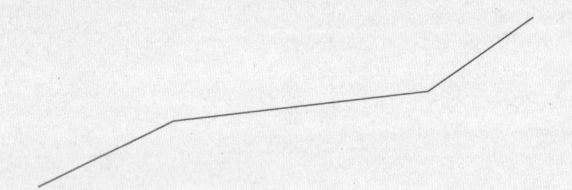

这 样 就 好 ○

说起来都是些平淡的琐事,
但我珍惜这时间的金屑。

○

我将完整领受生命之苦乐,
并郑重对待自由与麻烦,一切。

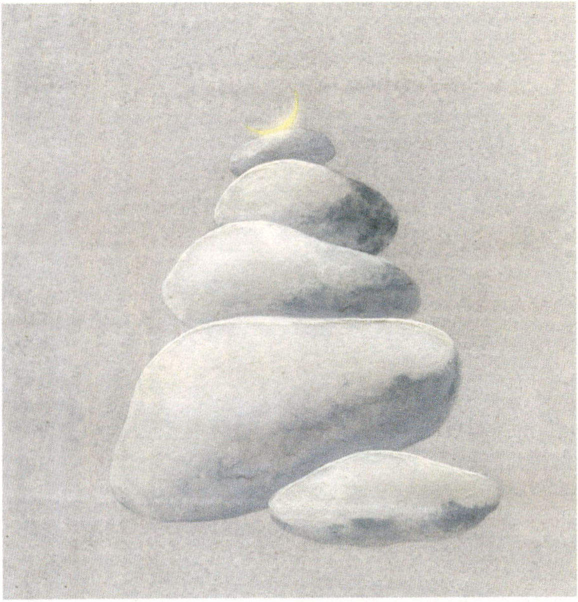

绝大多数事情都发生在言语之外

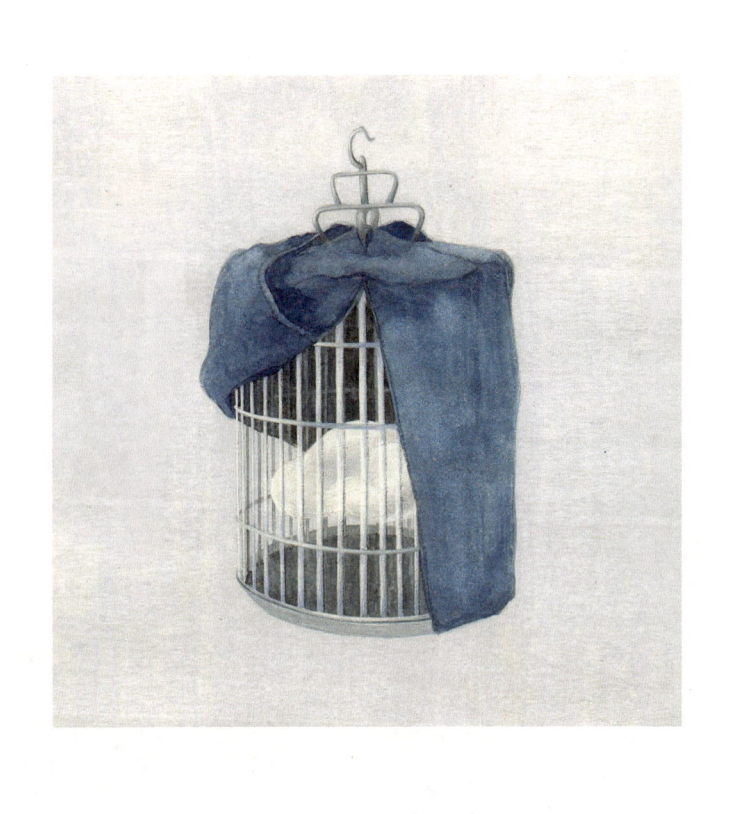

她是如此平平无奇

却又如此珍贵无双

而这相悖之处

这个矛盾的交界

就是生命的价值

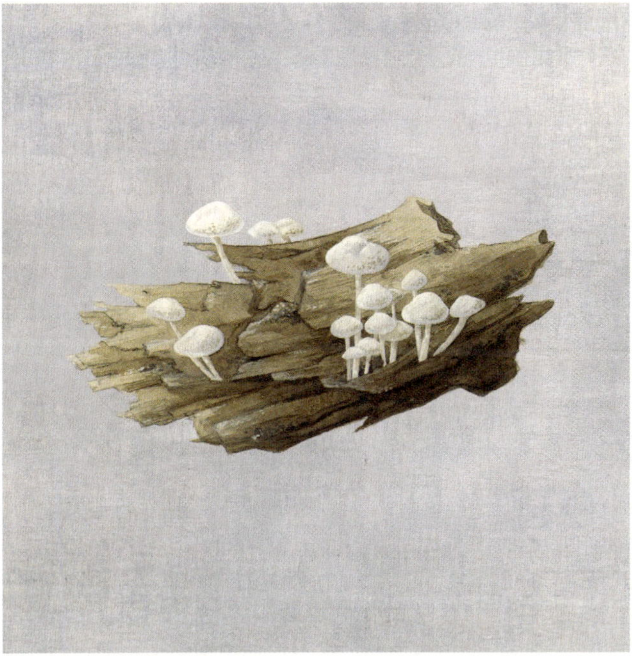

生命,
本来就是用一个孤独

○

生出了另外一个孤独。

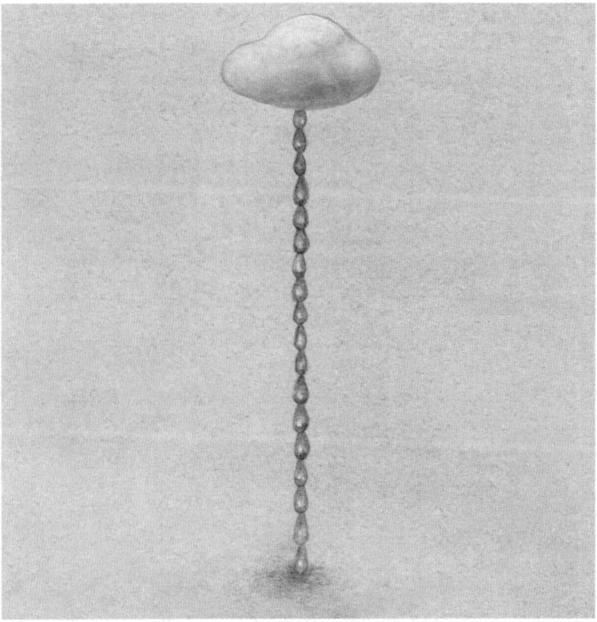

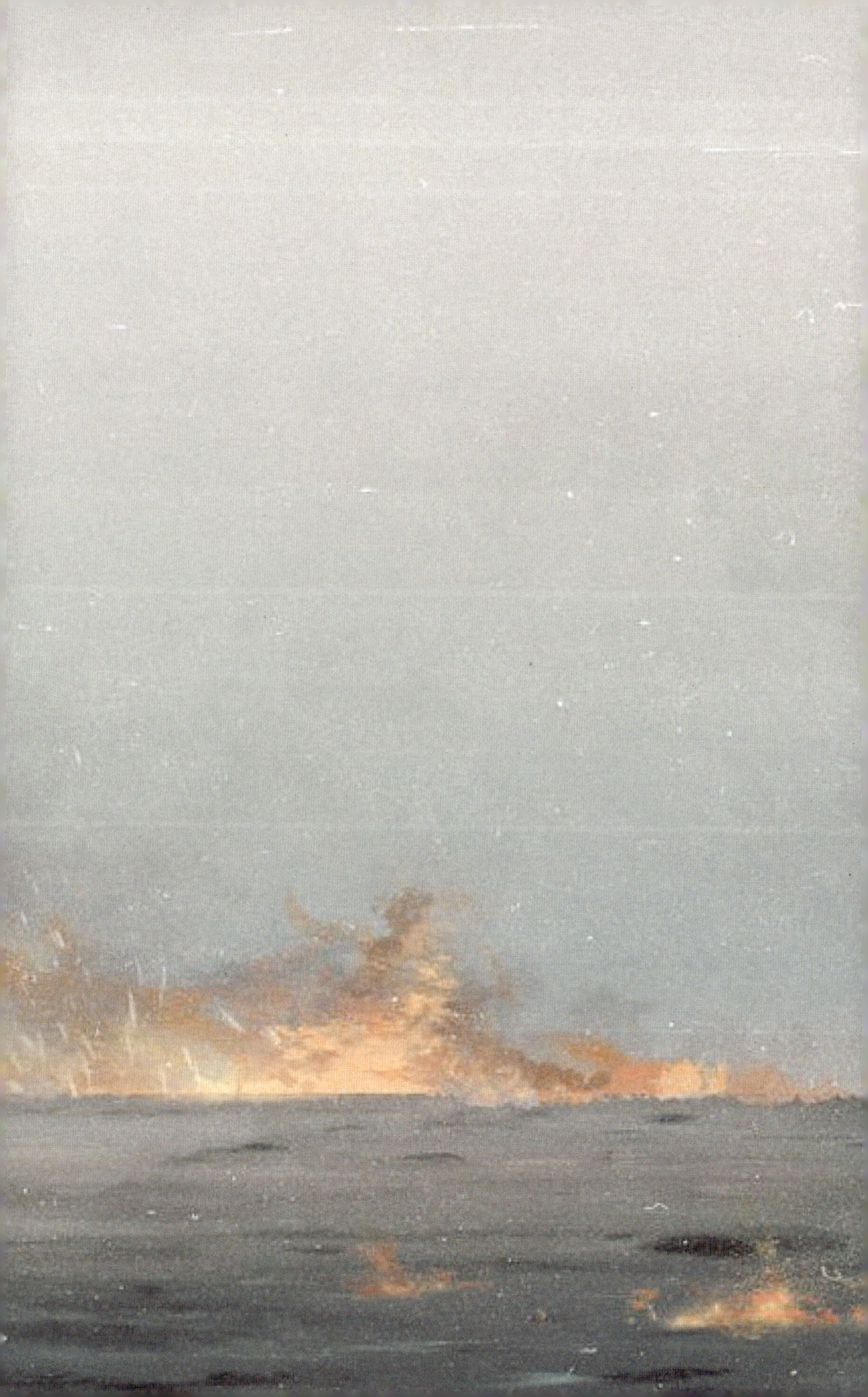

目 录
contents

和 你 在 一 起 ○

第一次 3 ○ 带你去看莫兰迪 9 ○ 礼物 14 ○ 一起看电影 24

离开 30 ○ 漂流在我的理解力之外 41 ○ 月亮的歌 49 ○ 让美活过来 64

妈妈的信 73 ○ 咏电驴 78 ○ 以吃言爱 89 ○ 读书的女人 105

穿妈妈的衣服 121 ○ 整理你的人生 129 ○ 妈妈的雨 139 ○ 困 145

自己的房间 152 ○ 和我妈扯闲天 159 ○ 敬勇气 165

精　神　风　景　　○

世间味 175 ○ 和皮皮一起看的书 191 ○ 安堵之爱 220
几乎错过的书 230 ○ 力量、勇气与爱 236 ○ 年味如常 243
清香落 252

寸　步　　〇

江南可采莲 285 〇　众生 293 〇　春夏之交，美如绝句 301
我重新感觉到万物的重量 306 〇　绝大多数事情都发生在言语之外 311
与汝同行 317

后 记 ○

既然这是我正在经历的生活 327

和

你

|

在　　一　　起　　　○

第 一 次

三岁那年的夏末，你即将进入幼儿园，我带你去动物园。

那时的你，没有经历过规律生活，饿了就吃，胡乱穿衣，倒头即睡，全凭一己之私欲，长得圆圆胖胖。你背着米奇小背包，挎着小水壶，在八月底的烈日下，跟着我走了很远的路。南京红山森林动物园依山而建，地势开阔起伏，每个动物馆都隔得很远，我们看了高温下弯起脖子睡午觉的长颈鹿，又爬上陡峭的石阶，去看眼神散漫的白虎……最后你决定在大象身边留影，你的绿花裙子旁边有一坨巨大的泥巴，啊，其实是大象刚拉的大便。便便很臭，所以，照片上，你的小鼻子皱成一团。

六岁那年的夏天,你从幼儿园毕业,满台的小朋友唱着小虎队的《放心去飞》,我的镜头,总也找不到被欢快的同学挤到角落里的你。

那年七月,我想带你去看大海。我们坐了很久的动车,快到青岛时,你看见很高的铁罐,问我是什么,我信口说是装啤酒的。我是想到了咸咸的海风和人声喧喧的烧烤。

我们不识路,走了很久才到一个公园。下坡,你第一次看见了海,更准确地说,是海的角落。近海的海水,混浊的绿,你小心翼翼地把脚伸向石头,踩着滑溜溜的青苔,海浪一大口一大口狠狠地咬你的裙角和脚趾。你感觉到,"水"原来是这么强劲,和你洗手的自来水、在幼儿园用自备小杯子接的饮水机里的涓涓细流,都不是一回事。你一脸茫然。

那是雨季,我们住的旅馆,开在一个民俗博物馆里。每天早晨起得很迟,近中午的时候,总会有一场暴雨如期而至，比江南的梅雨更激烈。大雨敲击着我们的窗玻璃和耳膜。我们站在窗口，可以看见民俗博物馆内部的木楼梯，上上下下的游客，被雷雨的巨大响声搞得有点怔忪。雨停后，我们吃了你喜欢的蛋黄焗南瓜，然后去了人比较少的那个海滨浴场。那里没有遍地的游客和卖假珍珠首饰、烤海星和贝壳的商贩。天黑后，我们回旅馆，冲脚，浴室的地面上，积起薄薄的沙层。之后，我们换上各自的吊带裙，下楼，去夜市吃烧烤海鲜，我喝一杯生啤，你小口喝汽水，顺便买盒街边兜售的蓝莓。

你最喜欢的那个海滨浴场，有很多排更衣间，有晒得黑黢黢的救生员——海边的太阳才能晒出那种炭黑。那些午后，我们坐公交车去那里，路上穿过很多树林，雨后的植物绿得特别润。晕车的你，分外喜欢那种青岛尚在使用的老式公交车，没有空调，开着窗户，木头座椅，咸湿的海风吹着你的小辫子，空气新鲜极了，你很开心。海浪中你抓着我，咯咯地笑，突然张开嘴，满口的血，一颗正在替换的乳牙，被海水卷走了。你在风中张开嘴的惊讶，被海风冻住，像一个成年礼。

当然，在你的人生中，还会有很多见到大海、大象、长颈鹿的机会。但至少第一次，是和我。我总是遗憾自己没有更充足的财力和体力，带你去更好更远的地方，但你挂着五块钱的珊瑚项链、一脸满足的灿烂笑容，让我对胜任母职这件事，多少有了点信心。

谢谢你噢。

然后，我想起了自己的第一次旅行。

严格地说，都不算是旅行。

我妈妈，也就是你外婆，当时是一家小百货商店的售货员，从无休息日，如果上早班，就急急地赶到商店，盘货、理货、开店门；如果是晚班，就在早晨忙完家务：买好菜，为家人烧好一天的饭菜，从很远的地方打井水来洗衣服，晾在绳子上。你外婆节俭，连晾衣绳都是自己做的：把店里扔掉的捆货用的塑料绳，几根一束地搓成一根粗绳，拉在院子里晾衣服。

就是那样一个勤俭持家的外婆，有一天，欣喜地拿着一张小纸片给我看，是一个老顾客给她们几个店员的观光券——当年没有商场和网购，一应生活杂物，从热水瓶到做菜的酱油，都得从家附近的商店买，顾客都是老街坊，大家彼此熟悉。你外婆待人和气，年年都是店里的服务标兵，家里的奖状一堆，所以，也常有顾客给她点小礼物。这次，是金陵饭店的观光券。

当时，修建这个饭店可是件惊动市民的大事，三十多层呢！在二十世纪八十年代的南京，是最高建筑了。最奇妙的是，它还有个旋转顶楼。这个老顾客给了五个店员每人一张券，可以凭券登顶，旋转一周，俯瞰南京，还能喝杯咖啡（这是幼小的我，第一次听说这种饮料，当然更不会想到，日后的我，会成为一个深度咖啡因依赖者）。

你外婆舍不得用那张券，把它塞给我，让其他同事带着我，登上电梯，看看南京。有什么好看的呢？我紧张地坐在圈椅上，喝着那杯寡淡的叫作咖啡的苦水，眼底全是破败的低矮的老旧的建筑物，远处有工地，一地琐碎。还有样子傻傻的有"辫子"的电车，慢慢地开着，停在站台边。

下楼，你外婆在等我，她站起来走向我，大概很想听我说点什么。三十年后，我带着你，第一次看海，第一次看画展，第一次给你海淘了很贵的原产泰迪熊……你打开礼物包装之前，我心里涌动的期待，完完全全地复制了三十年前，坐在金陵饭店一楼的你的外婆的。

每一个母亲，都想倾其所有，换取孩子的一个笑。那一瞬间，所有碌碌的奔走、辛苦、委屈，生命的一切苦味，都会被那笑脸熨平。春风再美，也比不上你的笑，没见过你的人不会明了。

带你去看

莫兰迪

你的暑假通常都始于雨季的开端,所以,我们有那么多次雨中开启的旅途。

这次,是我最爱的画家在上海有展览,我兴奋地向你描述我对他的喜欢,把他的画册拿给你看,你看看那些高级灰的瓶瓶罐罐,脸色漠然。是啊,对刚刚十岁的你而言,他的色调沉静得毫无刺激性。你喜欢的画作是颜色热闹的梵高和米罗。

但是你乐于和我出行。你把心爱的毛熊,一大一小的两只,塞进我的旅行袋,它们会在晚上睡觉时一左一右地躺在你的枕头边，它们是身为独生女的你最好的朋友。安置好它们以后，你默默穿好衣服，背着属于你的那份行囊，跟着我出门了。

一到公共场合，就惊觉你真安静啊！上火车，你静静地喝水，放回杯子，从包里拿出《风鸟皮诺查》看了会儿，又拿出速写本画了张画。是很开心吧，你很小声地唱起来了，几乎听不见。这辆车特别空，你一个人坐在靠窗口的座位上，旁边只有妈妈，腼腆的你很放松，所以快乐。后座是一对超级可爱的小双胞胎，一左一右地攀着爸爸的脖子，一唱一和，唱歌打闹背童谣，你被吵得没法看书，就闭上眼睛休息，小眉头蹙着，显然没睡着。多少大人，都做不到你的隐忍。

到了上海，我们坐地铁，又在雨中赶了很远的路，你把伞让到我这边，说："我就喜欢淋雨。"终于，转了好几个街头，我们看见三两长发飘然的姑娘向一栋建筑物走去。我对你说："一定是那个美术馆，这些姑娘的气质多好，一看就是爱文艺的有修养的女孩，你将来也一定是这样。"你咯咯地笑起来，笑我这种幼稚的恋女狂。

我们找到入口，兑了实体票，拿了为孩子专门做的宣传手册，先看到的是基里科的画，政治意味浓烈且富情绪张力，我并不喜欢。你认出那张著名的《一条街道的忧郁与神秘》，在那张画前停留了很久；你更喜欢他为戏剧设计的道具，在那个展厅看得很仔细。很多孩子拿出素描本临摹，你的本子还安静地躺在你的包里，你扭捏着，不好意思把它们拿出来当众画画——有时我很庆幸你喜欢的是美术，因为乐器和舞蹈都是台前艺术，必须有临场表演能力，而你太羞涩了。

进入莫兰迪展厅，我突然觉得呼吸都被柔化了，展出方为了配合这些画，精心装修了展厅，头顶是意大利式门廊，刷了柔和的灰调子，莫兰迪的瓶子和花，安静地盛开其中。我从来没想到有生之年能亲见它们，而且是和我最爱的人一起，我太兴奋了。

我激动地向你倾诉我的思绪："你觉不觉得他的花好美啊，你看这些笔触，这微妙的色调……可是好吃亏啊，他的画印在画册里，效果就打了点折扣，就像有的人不上相一样，现场看到画的肌理，真是美啊！"你点点头，表示很明白我的想法，微笑着看我语无伦次地快乐着，很耐心地陪着我在这个只有三张静物画的小厅里，待了很久。

出了展厅，你说要在江边拍照，你很专业地把手折起来，做出海鸥飞翔时的样子。鸟类是你的梦中情人，你熟悉它们的身体语言，也知道怎样用它们的语言表达欢乐。

我从微雨的上海带着你去苏州。苏州是雨后的艳阳，在小小的面包店里，我们啃三明治当作午饭。你看见一个佝偻着背的老阿婆在卖花，竹篮上铺着白布，整齐摆放着穿成手串的茉莉、放在小竹笼里捆着红线的白兰花。你说阿婆好可怜，这么老还要顶着太阳卖花，你想买下她最后一个手串。阿婆看看你，招招手，掀起棉布，拿出下面用湿布裹着的更新鲜的茉莉手串,让你挑,然后给你妥妥地戴上,说:"好妹妹,一路平安。"整个下午,你不停地抬手闻花。西谚云:"女人的美德,就像花一样暗放清香。"我觉得,那花的清香,是你的善良护持而出的。

礼 物

小朋友秋游归来,照例送我礼物,是一个彩球。她说:"买的时候就在想,希望妈妈的心情,每天都像这个球一样五彩斑斓。"

她从小就非常喜欢送我礼物,那时她还没有零花钱,就自己画书签送我。现在,我翻旧书时,还常常抖出她送给我的书签:花瓶形的、落叶状的、灯泡形的、带着系带和手拉环的……小朋友从小就很有创造力,每个都很朴拙稚气,很可爱。不过,小艺术家的创作力未免太旺盛,生产太密集,我们又是寄住在外公外婆家里,有时我偷偷扔掉几个,被她在垃圾箱里无意瞄到,她十分伤心。以后,她每每以此举证我对她的辜负,我苍白辩驳的口气非常像个渣男:"不是这样的,你听我说……""你不用再解释了!"

她是个害羞的小孩,画好了,趁我不在,放我桌子上,我珍而重之地收起。小朋友的心都是草叶上的晨露,晶莹而易碎。有一次幼儿园举办亲子活动,组织大家去游乐场,她想给其他小朋友一块饼干。她腼腆,不会甜柔地交际,人家说不要,她就塞人家怀里,人家便直接地扔在地上,她愣在那里……这事让我难过了很久。

她平日离开我的日子有限,一般来说,就是一年两次的春游和秋游。有一次春游,是和同学去大报恩寺,别的孩子都去吃午餐了,只有她,一个小学生,钻进大人堆里,避开人家的屁股和腰间,拿着手机拍了很多文物照片,回来给我看,说:"我想你会喜欢。"——她知道我喜欢看名物书。

有的地方,比如游乐场,实在买不到任何东西,她会给我带回来一块糖,亮晶晶的,心形的。在春夏的燠热空气里,它渐渐地化了,我把它放进冰箱。

她还折了很多的小盒子,给我放零星琐物。有个盒子上工整地画着巨蟹、天蝎和双鱼,这是外婆、妈妈和她自己的星座——那时,她刚刚从我这里听说了星座这个东西,记住了蝎子不是龙虾。她在画中体现了这点,她把天蝎画成了一个强化的S形,若干颗大星星,连缀成一个星空中的蝎子形状,盘踞在盒子底部。

她一向深爱工美风图案,给我的书签都画上装饰性边框,至于青花瓷花瓶、纸编拖鞋,更是画了无数个。吃生日蛋糕的小餐盘,多余的,她也舍不得扔掉,拿来画上画,送给我。她素来擅长利用厨余之类的边角原料,外婆择菜时,嫌太老丢掉的芹菜叶子,她也捡拾来,插了个案头小盆景,给我一抹阴霾天气中的春色。

五彩玫瑰,是有一年母亲节的礼物,软陶细细捏制,干花是另外配的。整体体现了她的审美和色彩平衡能力。之前每年的教师节,她给老师送花时,都会记得带给我一枝——女人都喜欢花,她本能地懂得这点,递给我,故作淡然地说:"嗯,顺便给你带一枝哟。"

礼物送多了，难免失手。我头发密且多，因而梳子折断过几把。那阵子家事烦扰，我心力交瘁，一直忘了买新梳子，就拿旧塑料梳子凑合着用。小朋友心里暗暗记下这件事，趁外公带她逛夜市时，给我买了一把木梳子……她那时太小了（好像刚上幼儿园），塞给我的是一把梳齿极密的篦子，根本没法用，我留着做纪念了。

有阵子我失眠，她捏了一个大白放我床头，说是可以陪伴我。我想起她小时候，用长着肉窝窝的小胖胳膊，搂着晚间害怕的我，奶声奶气地说："不用怕，没什么好怕的！"——大白是皮皮最喜欢的动画人物，它聪明、勇敢又温暖，有坚实的臂膀和柔软的心……就像皮皮一样。

最难忘的礼物是：2016年10月，那天我爸爸下葬，我翻看当日的日记，上面记着："带着一脚的雨泥，精疲力竭地回家。小朋友羞涩地捧出八音盒，那是她偷偷准备了两个礼拜的礼物。她向陶艺老师定了盒芯，自己画了设计图，用软陶捏了个生日蛋糕状的八音盒。身心俱冷的深秋雨夜里,我们母女依偎着,她把《祝你生日快乐》的音乐一次次放给我听,我慢慢地觉得暖和了……"

她很爱熊,我们一起看过很多以熊为主题的纪录片和书。她还捏过熊,我给配上了家具,幸福的一家人,在桌边团聚喝咖啡。小朋友的美感取向,是缤纷多彩、活泼生动的,由此,和我房间清雅简约的布置颇为不合。家里每个角落,都可以看见稚气和成熟、欢悦的色彩和冷淡风在打架,这种不和谐,简直视觉化了我作为母亲和写作者的内心冲突。

她去外地写生,临行前,我给她手机充了费,又备足现金,回来以后,她悉数还给我,只用了一点点,买了一把扇子和当地小吃,还有送给我的小瓷碗。她觉得东西贵,舍不得花妈妈辛苦挣来的钱,把钱退回到我的支付宝上。我一点点地用,用了半个月,像小时候吃糖慢慢舔那样,回味着她对妈妈的体恤。

至于我送给她的礼物，那就非常细碎且密集了，很难一一列举，生日、大小节假日自不必说，情境性的礼物也很多。

每次出游，她都会等待我的礼物——自从生了她，我的活动半径，几乎不出家门两公里，偶尔的出游，哪怕是短游，也是我们平直生活中非常戏剧化的峰值快乐。她对离开又回家的妈妈，有试穿新衣服般的新鲜惊喜。小小的婴孩，还不惯于熬夜，她趴在外婆的腿上，睡意轰然而至，还在顽强地挣扎。我下了夜班火车，叫了车争分夺秒地赶回去，窗外国道上夹道的树丛，在夜色中，像被擦笔擦出了大片阴影，沉沉欲坠，但还是没赶上，我一推门就看到她的睡脸。

第二天早晨，我还没醒，一个轻轻的小脚步，在熹微的晨光中，摸索着我的包，像那些在童年的老街上，围拥在卖糖人的老头身边，把手伸进旧旧软软的发黄布袋里去摸奖的小孩。但是，我的女儿皮皮是永远不会摸到"谢谢参与"的。我坐起来，告诉她，那只木头癞蛤蟆是给她买的，然后用店主教我的动作，示范给她看。把蛤蟆肚子里的木棍抽出来，在它疙疙瘩瘩的背上轻扫过去，癞蛤蟆就会发出咯咯声。这声音被我强行解释成蛤蟆叫。皮皮笑了。

为了这几秒钟的笑，我愿意付出平生所有。

景区卖的东西多半乏味，大概是从全国统一的某个市场批发来的，既无美感也无地域特色。对成年人而言，实在无购买价值，但是对我和皮皮来说，这就是个"重逢"的仪式用品。在那些专门供应给游客的店里，我买过盒子里的小猫玩具、一本鸟封面的手账、长沙的臭豆腐冰箱贴、福建的小手办……有时，工作排得很满，实在一点逛街的余暇都没有了，我的礼物是回到南京本地，也就是在家门口临街的精品店买的。我就是太想看皮皮的手伸进旅行包里，摸到礼物的那种灿然的笑容了，那是一种笃定的信心，"妈妈一定会准备礼物，什么事都没有我重要"。我就是要她对"被爱"理直气壮，我也要她坚信"我很珍贵"。

同样的强买，也发生在皮皮身上。她去体育馆参加运动会后回学校，在校门口小店里，给我带了写手账用的贴纸，她说体育馆的小卖部实在没啥可买的。

期中考试结束后，接她出校门。她脸色十分不好，说考语文时，突然来了月经，头疼发热，整个人昏昏沉沉的，作文只写了四百字。我气急败坏，忍不住叨叨了两句，说这个作文不管怎样必须写完，这是考试常识，不然老师想送分都送不了。小朋友眼圈红了，但也没说话。第三天，分数悉数出来，数学居然名列前茅。我很吃惊，因为数学是紧接着语文考的，以语文那种坍塌式的失败，换我肯定是彻底崩溃了。小朋友说她去厕所处理了下衣服，冷静头脑，她想，接下来还有八门，一定要慢慢扳回，就这么一门门努力地考，硬是扭转了败局，最后总分还不错。

"执子之手"这句诗，有人说是写战壕里的战友情的。话说，大多数最深刻的感情，其实都是并肩作战，不论是共同应对生活磨折的夫妻，还是在精神孤绝中彼此取暖的知己，当然，也包括携手应对制式教育和艰难内卷时代的母女。作为一个一发现失地就抱怨不已的战友，我感佩皮皮的战斗精神，慨叹她倔强的尊严，也为自己的急躁苛责感到羞愧。

家附近开了一家旺仔专卖店，之前我怕甜食伤牙，一直没敢给她买，那天我走进去，细细为她选了很多零食。店员帮我一个个输入。这家店生意清淡，店员查找条形码也不太熟练，总算一个个"开心"被找到了：开心泡芙、开心煎饼、开心珍珠、开心蜜桃果冻、开心大雪饼、开心甜玉米卷、开心珍棒、开心小小酥、开心苹果奶……每一样产品，都不厌其烦地标注着"开心"，不怕重复，不避浅俗，但是我真的是"开心""开心""开心"……一包包"开心"都像是喊出了我的心声。我把所有的"开心"，都放在一个框里，大袋在后，小袋在前，长条插侧面，像是情人节的花束。谁说只有花束般的恋爱呢，花束般的战友情也一样灿烂啊。

有一天，起床后，皮皮突然说要给校服装内胆，那个拉链很不顺滑，早晨的时间又非常紧促，我就忍不住数落了几句。孩子没说什么，穿着薄校服就走了，我心里难过了一天。我每次买欧舒丹的护手霜，都会留下漂亮的包装盒。于是我找出一个橘红色的，在盒盖上用眉剪小心地开了口，再在盖子的边缘贴了皮皮最喜欢的故宫御猫胶带装饰，给皮皮做了一个小巧可爱的纸巾盒，盒子上蹲着很多猫：用后爪挠耳朵的猫、在窗棂上打盹的猫、交头接耳的猫……这些浴日嬉戏酣睡的猫，一起对着皮皮笑。我想着，放学接到她之后的第一件事，就是要说"对不起"。身为成年人，向孩子道歉是有点难堪的，我就是要用这种耻感警诫自己，即使对孩子，也不能宣泄情绪。我要让孩子明白，哪怕是大人，也必须尊重她。

一 起

看 电 影

家的附近开了几家小影院,其实就是商场的顶楼,安置了几个小小的放映厅,一个吧台取票,卖爆米花、薯条、炸鸡等观影时吃的快餐,周围散布着一些等候的座位。如此,顶着一个磅礴的名字:某某影城之类的,就是了。

夏日酷热,皮皮在七月上完了培训班,八月的酷暑中,无聊并闲散着。每天,在早凉中,我晨读,她外婆买菜、做杂事,然后皮皮就起床,看看闲书,玩会儿小熊,有时做做手工肥皂和绒花,午餐后是漫长的午睡。午睡醒来的时光,慵懒又百无聊赖。然后,我们互相望了一眼："来，看看美团，有啥电影上映了？"

然后，我们就开始选电影了。皮皮很乖觉，察觉出我有想看的意思，就会顺势迁就我。我说："这部电影刚得了戛纳大奖，妈妈特别喜欢这个导演，妈妈的书架上，有很多他的剧本小说。"皮皮点点头："那我们就去看吧。"

皮皮换上蓝布裙子，我揣上阳伞，在烈日下，到车站等那些老也不来的车。两站路，到了商场楼下，好不容易找到上去的电梯，整个四楼招商都没到位，全是破败的隔间，看不出之前是怎样的商家，有的用一幅广告画遮着，全部的人气都聚在影城门口了。我和皮皮点了情侣爆米花，用个画着布朗熊的小铝皮桶装着，一人一杯可乐，进去看《小偷家族》了。

我们有固定的选座，四排一号、二号，这个位子最透气和自在。观影过程中，皮皮不停地偷瞄手机，感觉是在挨时间。然而，看完以后，她还是说："这电影很温暖,这个下午我很快乐。"我知道这不是她的真心话,挣扎着挽救自己失败的推广,对她说:"这个电影有很多伏笔,你看见奶奶去亚纪家时,爸爸喊那个小女儿的名字吗?亚纪对玲玲说自己的名字时,用的就是那个,说明她很想取代妹妹在父母心中的地位。"一路上,我不停地向皮皮解释着这部电影里重重的暗示,意在让皮皮明白,这是一部深刻的、关注社会的、有价值的影片。皮皮终于忍不住说了:"可是,对小朋友而言,真的很闷哎,你没看我旁边那两个小朋友都在不停地玩手机吗?"

心中有隐隐的内疚,第二天,我主动向皮皮建议:"不如我们去看《精灵旅社》吧。"皮皮欣然应允了。我们奔向另外一家影院。这家在肯德基楼上,皮皮拿着巧克力圣代开心地笑着,不单是她,影院里所有的小朋友,看见德古拉头上插着斧头、胳膊上缠着蛇在求爱,企鹅掀翻了菜篮、两根香蕉插在猪鼻子上之类的场景,都在哈哈大笑,我也不懂有什么好笑的,但是,前后左右,都是此起彼伏的"咯咯咯",我也莫名地开心起来。

我不记得和爸爸妈妈在一起看电影的情景了。他们各自的工作都很忙,小时候,离家最近的少年宫电影院,也要坐三站车才到。他们没有这个闲心和时间带我去。我看电影的高峰期,是在叛逆的青春期。和闺密去看午夜场,散场回来时,街上已经无公交车,我们走几站路回家。电影院门口有块白板,上面有老电影的名字,每个观众可以用记号笔去画一道线,等于是投票给想看的电影,得到"正"字最多的,就提前放映——真是朴素又诗意的民意选举。

当时家门口的部队影院也对外开放,我常常一个人去看电影。偌大的影院,用绿色粗纹布包裹的座位,场内散发着尘土气息,影片来源不好,影像质量并不高,模糊看个剧情罢了。港台武侠片、好莱坞大片都有。观众稀稀落落,有男人对我吹口哨,还有附近的大学生情侣在卿卿我我。看完回家,爸妈应酬多,往往还没回家,他们并不知道,也不关心我去过哪里,也不明白女儿的心已经和他们渐行渐远。青春期斑驳的底色,渐渐形成。

当年邓小平访问日本，带回三部电影，彼时国内娱乐项目匮乏，万人空巷去看《追捕》，高仓健成为少女偶像，一直到很多年后，我爸爸在高兴的时候，还时不时地哼唱着"啦呀啦"。另外一部电影，叫作《狐狸的故事》，也是我和爸妈唯一的一场共同观影。爸爸带着妈妈，我妈抱着襁褓中的我，去看了这部电影。我一直喜欢听爸妈说起其中的情节，什么老狐狸把小狐狸赶出家门，逼它自立之类的。我并不是对故事感兴趣，而是恋恋于那个我根本就不记得，但切实发生过的场景：爸爸、妈妈，还有他们怀抱中完全不知事的我，蒙昧地浸润在同频的欢乐之中，我们在一起。

皮皮有时会问我："妈妈你觉得幸福吗？"我说："算是有幸福的时刻吧。比如：每天回家，走上楼，在楼梯口，就能听见你外婆在屋里切菜或是炒菜，只要那个声音一出来，我在外奔波时受的委屈和疲惫，就没有了。我的心里，就会很安宁。"

我还想对她说："你还记得《小偷家族》里那个奶

奶，在海边用嘴形对她的家人们说的话吗？是：'谢谢你们。'"——这个场景，皮皮倒是反复对我提起的，但出于某种我们血缘相通的共有的羞涩感，我什么都没说。

离　开

一

开学前,学校给安排了军训,得知消息,我开始各种准备。先列一张详细的表格,关乎衣食住行、药物、防身各方面,再一一购买、调试。

我首先列出大项,比如行李箱。接着,是二级分项,就是各类别收纳包。再接着是三级子集。如:洗漱用品、药物之类。这项是细活,比如:防晒霜是一定要准备的,白天的、室内的,脸上和身上的,我共计准备了三种,这就得动用两种洗面奶:卸妆款和清洁款。天哪,这些一地鸡毛的琐碎,就连我优雅整饬的精神世界也快拯救不动了。

另外，四五六七八之类的，就不一一赘言了。

以上一切物品，我按运速先后下单买好，买到一件就在清单上画掉一行。购物单上，全是增删和画掉的笔迹，斑斑驳驳，像一张思路蜿蜒的创作手记，如果是的话，后人定能从上面看出无数的忧心、犹疑、忐忑——带，还是不带？这是我半个暑假的哈姆雷特。

担心她不清楚自己带了什么，也搞不清都放在哪里，我又整理了一份清单，是俯瞰图报表，想了一下，还是用子目录表格呈现更加清晰，就又誊抄了一遍。带了什么，在哪个收纳包，该如何使用（涂过防晒霜，一定要用卸妆洗面奶，切记切记！箱子万一误锁，请如此操作解码，云云），一切细碎，悉数注明——三十年前，我上寄宿幼儿园的前夜，妈妈在灯下给我的被子上绣名字；三十年后，我给女儿的背包、行李箱、画箱、钱包上，悉数贴上手写标签：姓名、班级，万一遗失也能及时找回。"慈母手中线，游子身上衣。临行密密缝，意恐迟迟归。"对着密密麻麻的清单，那些从小读惯背熟的诗行，在这一刻突然具体化起来。

军训终于开始了，家长们都很担心孩子，有人开车过绕城公路，只为去部队看一眼孩子，再回去上班——想象一下这个场景：晨光熹微中，某种巨大的新生代爬藤生物诞生了！那是攀爬在铁栏杆上的家长。上菜时，家长都盯着老师发的视频："怎么只有五个菜？""还是用盘子装的，别的基地都是用盆装的，这怎么够吃？""那盘烤鸭怎么没有卤子，那蘸什么吃啊？""哎呀，旁边那个冬瓜为什么颜色那么深？难道……是用那个烤鸭卤子烧的？"家长们个个都是福尔摩斯和波洛再世，其细腻的观察力、丰富的联想力，真令我钦佩。

带队指导员不停地发各种照片，即使几十个孩子穿着一式一样的军服，在人群拥叠的群照、合影和夜间拍摄……各种模式中，家长也总能一眼识别出自己的孩子。当然我也能，虽然小辫子是歪的，帽子斜挂在头上像个兵痞，因为没有随行梳头嬷嬷（也就是我了），发型发生了变化，由双马尾变成了单马尾，但那个背影，就是我的皮皮——有人写在边疆牧羊,白天母羊和小羊分开,在不同的牧区吃草,到了傍晚,几百只母羊呼啸下山,冲向自己的小羊,小羊也咩咩叫着,那一瞬间阵势甚是浩大。家长和孩子之间,也有某种神奇的血缘密码,让他们遥遥相系。

二

皮皮平日去画室习画。偶尔,画室也会组织学员们去写生。除了生活用品,还要准备品类繁多的美术用具:写生车、画箱、折叠画架、座椅、纸、笔、颜料、颜料补充装、小抹布、折叠水桶、画架上的手机夹、伞架……出发前的日子十分忙碌,商家屡屡通知我发货,银行卡则不停提示我余额减少。信息提示音,还有快递员上楼送货及取退货的敲门声,一声接一声,煞是热闹。

先买的家长,拍了视频供大家参考:C妈拖着写生车,这款轮子很顺滑嘛;接着,S爹"啪"的一脚,踩开另一款拖车的折叠开关,几乎是一秒开合!这款很灵便呢。

我开始纠结起来。但不论哪辆车，装满了画具看着都不轻啊！旁观的家长们开始叹气。各路老母亲纷纷展示自己捆扎行李画具的功夫，包裹打得最紧实的，就像农活高手一样被称赞——过去看古画，只看见画者挥毫泼墨的潇洒，现在才发现：后面还有个吭哧吭哧挑画具的画童！

看着画室老师一张张地发随行照片，我看见：皮皮轻松地拖着小车走过古桥——之前网购的拖车底部短，我特地又去南艺后街搬回一个加强不锈钢款，价格贵了一倍；我看见：皮皮稳稳地坐在她的速写椅上端详画面——我反复思量，没有用拖车上附带的椅子，这种独立式椅子确实结实；我看见：皮皮顺溜地打开她的折叠画架——家里有旧画架，重买的这款重心更稳，写生常常要在山地或是石子地面上；我看见：皮皮在防风伞架上装了大伞——为了防止它打滑，我绞尽脑汁，最后加装了一块橡皮；有张照片露出了一个脚尖，皮皮换上了我新买的凉鞋款运动鞋,那里多雨湿气大，又要走长路，必须是便于运动和透气性的结合，我选了很久；太阳出来了，在老巷里写生的皮皮，戴上了新帽子，这个帽檐深度，必须既能遮阳又不挡视线，我量来量去算了半天。

我安心了，好像我的准备工作没有明显疏漏。

我真为她高兴，对学习美术的人而言，写生既是练习造型、取景和塑境能力，也是加强对构图的理解力，同时训练对美的感受力，由画册走向视觉真实，再让内心情境诉之于笔端，相当于从背诵到诠释乃至创作。

皮皮告诉我，写生非常辛苦，清晨即起，拖着装满画具的写生车上山。太阳晒裂了她的颜料，她伸出手给我看：手心是写生车车把磨出的老茧，手背和手臂一黑一白，差了两个色号。她说，最幸福的时刻，是某个炽热的午后，她避开人群，独自一人坐在阴凉的长廊里，对着一进层层递进的老式拱门，一笔一笔地描画庭院深深中的门饰窗棂，画了一个下午。那一刻，她心里特别安静。

我想,她已经开始一小口一小口地,啜饮那孤独的自由了。

皮皮上幼儿园那天,我送她进门。看到梳着两条小辫子的皮皮,在水杯架子前,找到了贴着自己标志的小水杯,镇定地坐下喝水,并没有像其他小朋友一样放声大哭,我松口气,转身离去。那天,是皮皮第一次上手工、画画、游戏课,她还上了最重要的人生课,就是"离开"。从那天开始,一步一步地,她渐渐远离我。

三

每个白天,我送皮皮入校,和她短时分离,几乎是在挥手说"再见"那个转身的瞬间,我就身心轻盈起来。哎呀,等一下!曾经我也写过:"每次在校门口道别时,我已经开始想念皮皮了。"那么,这两句话,到底哪句是真的呢?

都是真的。

秋初的九月，早凉如洗，还穿着凉拖的脚，触到了草间的露水；四月暮春，蔷薇科植物渐歇，初夏的芸香科植物开始登台，七里香被热风熏出香气，窗外的老树，在一个月间，从秃枝到绿意涨满，入目皆绿的厨房让人内心沁凉。我一颗颗地把做焖饭的豌豆自豆荚中剥出，白米饭里的玲珑豆粒，浓绿饱满如翡翠散珠，让我欣悦；料理台上散落的芒果，散发出恬静的果香，像一幅颜料未干的静物画。

这一切，都让我倍感愉快，因为，我又短时回归了一个人的完整，真是太幸福了！

我打开昨晚没读完的书，抄一页字帖，听一会儿古典音乐，把被"母亲"身份溶化的面目模糊的自我，给它拎出来晾干成形。但是，每到中午和晚间，手机短信会不停打断我的心流，家长群各种琐细事项纷纷涌出：即将举行的比赛、考试排名、校服定制、分班事项，还有伙食费、学费、班务费等各项交费通知。

这突来的信息提示音，让我记起：多年前的某个夏日午后，我惊觉那来自腹部深处的触碰，像陌生人怯怯地敲门——是素未谋面的皮皮，第一次和我打招呼，那是她的胎动，我这个无根之人，终于给自己生出了一个亲人。胎动、杂事、支付短信，它们让我感觉到生存之负重苦辛，但也证明皮皮坚实的存在，正是这遥遥的陪伴，使我无惧孤独。这嘀嘀作响的扣费短信，就像出生时被剪断的那根自母体向胎儿输送营养的脐带。我终日埋头写稿，拿到微薄稿费，最终变成她学到的每一点知识、吃下去的每口美味和营养，这让我的辛苦，有了一丝甜味。

每次她离家，随着归家日子渐近，我会陆续洗晒她的床具、衣物，在冰箱里塞满她爱吃的冰激凌，冰好西瓜，还订了花，像迎接一个久别的爱人。

然而，午后小睡起来，喝口冰冻青柠汁，捻两颗泡到刚刚好的酒糟毛豆，在窗口吹着小风吃东西看闲书。晚间，打开冰箱喝杯冰啤酒，把写了一半的稿子酣畅痛快地写下去，无须被接孩子这种事打断，真是太爽了！

想念是真的。渴望独处，当然也是真的。

身担母职，我身上狂野的一面，早已被捆束得喘不过气，时常感觉心里有头野兽在绝望地捶墙。终日被各项琐事捆绑，无人可以分担，我已经很久没有完整的睡眠，也不能出门旅行。

同时，成为母亲，就获取了爱的权利。是的，对方无法拒收我的母爱汹涌。我忍不住想灼热地逼近她，保护她。我时时自警，不要滥用这自由，变成他人的监狱——中国的父母，给孩子买房，帮孩子带孩子，为孩子付出超出养育责任的辛劳，但是他们唯一吝于赠予孩子的，就是"离开"。而一旦缺失了这个动作，孩子将永远不能拥有健全的主体性，以此为据去开拓自己的人生疆土。

所以，我一直期盼她长大独立的那日，我也要渐渐收缩作为母亲的功能性,将余生还给自己了。我们终将道别,各自回归完整的自我,这将是多么愉快的离开。

母女一场,原来就是一个为了推开的拥抱,为了告别的相遇,我们能互相赠予的最好礼物,就是"离开"。这是亲子之间最重要的共修课,而这课程,是在一次次的重复中深化完成的。让我们都好好地学习"离开"吧。

漂流在我的

理解力之外

读过一本书,是一个自闭症患者的妈妈写的。她有独立而强大的思考力,因为自闭者无法陈述内心,所以她每天像破案一样思考孩子行为背后的丝缕谜团,努力理解生命的深不可测。她不受机构里的固定程式干扰,而是用自己的方式去教孩子。她给孩子设计了各种游戏,自创卡片教学法。她一遍遍地自说自话,用这些宽松的方式去影响对方,重过程而轻结果。"因上精进,果上随缘",对孩子的进步、退步都持平常心以待,淡然说对错就可以,不要动作很大地褒贬,不盛赞,不怒骂,不在乎。

这个方式，我觉得不仅是爱孩子，更是广义的爱的智慧。

比如有的人，个体气息非常强劲，总是极为热烈地赞美和激愤地批评，至于褒贬，只看你与他们自设标准答案的吻合度。说白了，他的批评和表扬其实是一回事，因为他掌握了定义权，而你，只能拼命揣测接近他设置的标准，否则就要被勒令修改，把生命这一场落墨天地的自由写作，硬是给碾压成服从他人意愿的应试作文。

生命至大的喜悦，是创作的快感，所以我一直觉得做艺术工作、写作是极为幸福的，因为这种工作不是当工具人，而是让天地从无生有地生出未曾存在过的精神风景。而每个人都能拥有的创作机会，就是创造自我，它会让人从心里长出幸福感，这个创作权利一旦被剥夺，人是无法从迎合他人标准中获取幸福的。

回读旧文，也常常要修正删改，但是，这正是表述的价值，因为当时的我，确实是忠实于彼时的生命体验，从心到口一条直线地去写的。写作贵乎诚。我也力图让我的孩子葆有忠实于自我的勇气。而我觉得,作为亲人及朋友,我能赠予她最好的礼物,就是提供让这勇气继续熊熊燃烧的自由。

不盛赞,不怒骂,不在乎。这是留有活动空间的爱的智慧。

爱,原来是悟道。

有一个日本女作家,她出身于富裕家庭,母亲是一个儿童文学专家,非常爱她,没有粗暴和专制,但有另外一种可怕:她是研究儿童文学的,有其专业素质,她非常长于和孩子做言语交流,不停地分析对方的每个心灵角落,有种让孩子觉得毛骨悚然的"既视感"。因为自己的心思总是能被对方猜到。她拼尽全力想逃出母亲的理解地带,给自己一个隐秘地带可供藏身,部分是因为这个原因,她去做了AV女郎。

新闻里有个家暴犯,他虐待妻子的手段之一,就是强迫她脱光衣服,开着大灯,让她跪在落地窗前——人类的安全感和尊严,都是来自遮蔽物,比如穿上衣服,又比如心理上觅得可以关上门、充满混沌秘密的小单间。隐藏是补己,秘密是聚能,有了这些退路,这才能得体地出入公私交流,抵御其他人的侵略,在暗夜中,静静舔舐自己不能见光的伤口。而精神上的裸体,从某个角度来说,比肉体的裸露更痛苦,任何一个人,都不愿意和一台 X 光机生活在一起吧。越是亲密关系,越要"保持通风良好的距离感"。有很多人拼命摆脱一段亲密关系,大概就是为了逃离逼视强光之下的被迫裸露。

皮皮回家常会告诉我她的一些动向(选课、选专业老师之类),我都回答说"按你的意思办"。她不说的,我也不问,任由她关上心门。我沿袭了我妈对我的方式:主意你拿,我只管外围配合。我很年轻时做的人生抉择,有对有错,我妈都没有硬性干预,我在承担后果的同时,非常感激我妈,自主的生活,真的比被控制的正确更重要。我之所以能一再挨过苦厄,奋起重建生活,就是因为:

主权始终在我手上，没有被掠走，这是我的人生。

严格管控，确实会让一些孩子短时获胜，但从长远来看，被架空自我的孩子，是极度痛苦的，他们是真正错失了人生的空心人。青春期是孩子自我意识的重要发育阶段，父母迟早要退场，只有这个自我，才是将来为他的人生操舵，与世间不公平战斗，确认自我价值的武器，一定要好好培护，让它发育壮大，烛照护他一生。我总对皮皮说："想清楚自己要什么，专心一搏就行，不要顾及我，我的意向不重要，你不是为我而活的。"

所有的亲密关系，都如修行："看君行坐处，一似火烧身。"过度热烈浓腻的紧贴关注，被焦虑紧张困在心牢，犹如心火焚烧，也将他人拖入无边火宅。有人谈到泡茶技艺：备好茶具和茶叶，先用热水烫壶，与此同时，去烧开水，在滚泡时倒入茶壶，用杯垫盖住茶杯小焖，冬天则包上厚布；接下来，"不搅拌，不扰动，让茶叶在水里自己起落，舞动，然后静下来，缓慢释出香色"，"茶会自己完成自己，因而，人最要紧的，就是不要对它多事"，"泡茶唯有等"。

这也是行文、为人、交友、育儿之道。种子有其自带的完整生命流程，我们只需培土、浇水，接下来，就是把"我"挪开，不要拼命散发"我"的气味，去干扰生命的生长周期，就好了。

爱，之所以艰难，就是因为信心的不易得。爱，必须包含对生命的盲信——我们要相信：生命自会完成它自己。也要祛除傲慢，孩子不是我们立规矩教育出来的成果，它只是生命完成了它自己。

皮皮是个比较奇诡的组合，极其敏感：你递给她一杯水，她就能喝出之前装过的饮料残味；上打到的车，马上就闻出之前的乘客吃过韭菜，立刻皱起小眉头；他人最小幅度的言行，都能让她思绪纷纷。我给她做高敏人格测试，十四条全中。但对世界如此感应丰沛的皮皮，和大多数热烈不羁的艺术生却不太一样，她理性冷静，喜怒不形于色。从幼儿期开始，就是一个沉静的宝宝，热爱独处，总是一个人搭积木，很少纠缠大人，不怎么需要陪伴，睡醒了会含着手指自己玩，几乎没有一般小孩会有的特别叨叨黏人的那个阶段，以至于我爸爸担心她有自闭症。但她说话、走路都比一般小孩早，话语寥寥无多，但互动准确到位，明显没有功能障碍，只是不爱使用这些功能而已。

有时，连我都会觉得她很陌生，像在白色大雾中，那些未知的因子凝结成了我女儿，我看不清她的形状。我是如此熟悉她，我记得她生下来时粉色贝壳一样的小指甲，和婴儿很少有的密密的长睫毛。可是，我常常被覆盖在她表情的阴影之下，却怎么也捉摸不出那阴霾从何而来，甚至不敢提问，剥夺她沉默的尊严。在爱她的过程中，比确定更多的，是无知和无力，一次次地，我走到了理解力的尽头，止步于她的默然。

前阵子重读《羊道》。牧人对生命的理解，未经文明开化，但更质朴和真实。他们给失去妈妈的小羊喂奶，给病羊抹药，小羊也是牧区幼孩的玩伴，牧民认识每只羊，然后又宰食和穿上它们的皮肉。待牧人死后，再把自己埋掉，把血肉拿来滋养牧草，还给大地。他们对生死的理解，是否类似于收到和寄回天地的一封信？作者与哈萨克人之间有语言障碍，但仍能建立感情。人与天地、牛羊，也是在漫长的陪伴中，见证了对方的一生。明明是马背上迁徙的民族，逐水草而居的流动之中，那份不思量的泰然，到底是从哪里来的呢？为什么母羊能在几百只小羊中找到自己的小孩呢……我们的"不知道"，比"知道"多，原来，"不知道"比"知道"好，对于宇宙万物，这些"不知道"，是有多珍贵，多么好。

理解，是爱的默契，但对另一个生命的不解，一任对方漂流在心灵荒岛，认领属于他的那份生之孤独，却是在整个生命广度上的，更浩瀚的爱。

月 亮 的 歌

一

自小,皮皮就住在外婆家。皮皮是闹市区长大的孩子,她的眼睛,是热闹的。她习惯了耳闻夜市的声潮入睡,穿着睡衣下楼就能吃烤串,顺便点杯隔壁店里的奶茶,再给外婆捎把蔬菜摊子上的小葱回来。对了,手机摔了要重新贴膜,也一并办好,一路撸撸宠物店里的布偶猫,看看展示手办的橱窗,慢悠悠逛着街回到家。至此,全靠迈开双腿,连电动车都不用开。

等到了高中,皮皮就离开外婆家去上学,算是来到城郊了。

每天，我们要穿行两个区去上学。距离倒不是问题，但是郊区的好几公里，和市区的好几公里，完全不是同一种质感。市区的几公里，贯穿了主城区，从这个区的闹市，到那个区的闹市，一路都是密集的人、住宅和办公楼，视线飞溅到无数的落脚点，有一种密实的安全感。郊区却是仅供高速行驶的笔直大道，落满尘土的行道树，并行一侧的火车轨道，不时有列车呼啸而来。没有人，没有店面，没有随时可停脚去逛的小店，注意力只能挂在天边的云絮上。偶尔，单调里突然冒出星星红色，哦，是国庆到了，即使是郊区，也挂上了如意结和小红旗。这样微小的变调，在视觉元素丰富多变的市区，几乎不会引人注意。

高中生的学习生涯，是刻苦单调的，每天七点到校早自习，晚上九点半才下晚自习。我早晨五点多就起床，六点多带皮皮出门赶车，晚上九点多去接她，十点多才能到家。我们没有郊区的白天，只有它的朝暮。

也正是在求学的日子里，我第一次知道，早晨六点多的郊区公路上，我们可以看见至美的云海，因为眼前实在无甚风景，窗外只剩被朝霞渐渐烧红的云，浮在郊区的青山上，像是大海中的云涛。

想起皮皮上初三时，课业极为紧张，早出晚归，草草吃完晚饭，立刻蒙头小睡，这样才能撑到半夜，把作业写完。我想和她说说话，又怕占用她仅有的一点休息时间，所以家里通常是我和外婆悄无声息，皮皮埋头学习，全家都是静悄悄的。

我们仅有的一点对话时间，是我骑电动车去接她放学，路上的十分钟，总是在等红灯的路口，她仰头看天，说今天的云真美啊，像什么什么。我们望向高楼的边缘，楼隙间，涌出油画般质感的彩云，带着金属光泽，在蒙尘的乏味日常中，它像一个镀金的梦境。我以有限的知识告诉她，那是浓积云或层云。这些没啥意义的闲话，是我们在疲倦备考中的浮岛，让我们探出头来，获取小小的喘息空间。

很多年后,我们还会记得这些属于我俩的,看云的片刻吗?

二

整理给皮皮写的成长笔记,发现自她上中学之后,我的记事密度直线下降。很简单,因为她太忙,除了作业补习之外,就是补觉。很多美好的回忆,竟然都是在看病的时候,那是我们难得的共处时光。

某日上午,我突然接到皮皮的电话,说是牙疼得吃不消,我立刻从家飞奔到学校。事发突然,只约到下午的号。于是,这因病多出的几个小时,成为我生命中的宝藏。待牙疼稍歇,我们闲闲地吃了她最爱的小吃,端着热乎乎的奶茶,在初冬的街道上走。在穿过傅厚岗到口腔医院的路上,我们一起研究起八角形的民国建筑;街边的小店里,我们趴在窗玻璃上数热带鱼;在门缝里,逗一逗店主的银渐层猫;治完牙,用冰袋捂着脸,还来得及看一场电影。回到家,皮皮终于有时间摸了摸我买了一个礼拜的粉色玫瑰,胖玫瑰肉乎乎的花瓣,让皮皮吃了一惊:"我还以为是假花呢!"

又有某日,趁病偷闲,出了医院,我说:"干脆上山划船吧,你快错过秋天了。"那日微微落了点雨,栈道微湿,我们沿着植物园路缓行。皮皮看见两只大喜鹊一前一后地走着——这是山中大鸟才有的从容,旁边有麻雀,像现代人一样,不安地蹦跳在各个任务点之间。待开了船,到湖中央,我熄火,停下来,让船自己漂。这个游船点,是我和皮皮偶然找到的,它紧邻植物园南园,非常僻静,湖水澄明,群山环绕,还有倾颓断掉的老城墙,中间一段长长的缺口,被一个轻钢结构建筑巧妙地衔接起来了。岸上是植物园的秋树,树冠鲜红,映着湖水,船行惊起的白色水鸟,从湖水上擦水掠过。

我们在船里随水漂着。那天是工作日,静静一面湖水,唯有我们这一只船,四下俱寂。我让皮皮背下张岱的《湖心亭看雪》,皮皮挠挠头,说记不完整了。接着,你一句,我一句,我们把自己记得的部分都背出来,连缀成篇,觉得现在的场景,就是"雾凇沆砀,天与云与山与水,上下一白。湖上影子,惟长堤一痕、湖心亭一点、与余舟一芥、舟中人两三粒而已"的秋雨版。我又想到《记承天寺夜游》:"何夜无月?何处无松柏?但少闲人如吾两人者耳。"心中默默回味良久。归途中,腹饥,忽闻红薯烤出蜜汁的焦香,我们一路循香找去,围炉分吃热乎乎的红薯。摊主一边得意地向我们强调:"这个品种好,是烟薯,又是炭烤的!"一边递过勺子,给我们舀薯心的糖稀——那是记忆中最甜蜜的红薯。

犹记得:中考前,皮皮突发急病住院,我蜷在小床的一角陪床,医院的饭菜做得粗糙,又不许出门以及探视,一向腼腆的我,鼓起勇气,向不苟言笑的冷面护士请求,申请到了十分钟的出门卡。我拼命飞跑着,来回路上和电梯留三分钟,结账一分钟,在医院专属小超市里,我只用五分钟就选好了皮皮爱吃的零食:八喜冰激凌、干脆面、薯片、鸭脖子、鸭肫、果冻、青豆……我冲回病房,和惊喜的皮皮分吃着一口珍贵的冰激凌,讨论着出院后第一个要点的好吃外卖。

这些云来云去、冰激凌闲话,说的其实都是:"和你在一起。"它们凝结成了我们的琥珀时光。

三

最近秋阳朗朗,送完皮皮上学,我回家收拾,趁着太阳好,把她的枕头、被子晒出去。走进她上学后留下的空间,零食桶里满满地塞着皮皮的虾片、薯片和糖。她最大的快乐,就是偶尔和初中好友在周末逛一次玄武湖,去进口食品店采买各种零食,顺便给我带回她寻宝得来的奇物。这次是话梅味的休闲丸子。我的丸子早就吃完,她的桃酥却放软了——每天到家时,她已经累得吃不动零食了。我看看那个因为塞满垃圾食品而被我戏称为垃圾筐的零食桶,心里涌出一阵难过。

晚上我问她:"能感觉出妈妈晒过你的被子吗?"她说能,因为被子上有阳光的味道。又说,阿咪身上也有这样的气味——阿咪因为每天要出门散步,所以留在外婆家了,皮皮非常想念它,常常在手机里,对着阿咪的照片说话，跟异地恋似的。这气味要是能储存，就叫幸福时光吧……我非常渴望，能让无法走出教室门的皮皮，也闻一闻秋天的空气，那被金桂染过的轰然秋香，被炒栗子熏暖的焦黄秋香，骑行时穿过的满城绿树的清凛秋香，我真想把我的白天分享给她啊。

高一刚开学，学习节奏就非常紧张，日日早出晚归。我整夜都不能睡。之前让皮皮尝试住校，结果她不适应。她在家可以睡得很沉，但是在集体环境中，她胆小易惊，睡眠浅，白天老犯困，而且熄灯太早，洗漱都来不及，学校不许带灯，想多看会儿书、背单词更不可能，她怕耽误学习。

我去把卧具搬回家，退宿了。卧具很重，我拼命扛上楼，又扛下来，拉伤了肌肉，一呼吸就痛，那阵子疼得不能深睡，翻来覆去之中，精神拍拍肉体："别矫情了，不就是平时缺乏锻炼嘛，四体不勤的下场。"肉体伤心地说："我确实疼啊。"精神厉声道："你给我听着！你这破骨头架子可不能散，还有三年苦力要干呢。"——

我想起上坡时，一匹被鞭子狠狠抽打的老马，上不得，下不得，只能咬牙前行。母亲是双重角色：我是老马，我也是鞭子。

不敢睡熟，怕耽误早起，有一次就是贪恋一个梦，舍不得醒来，是的，即使在梦中，我也知道那是梦，我想把它做完。这么着，就迟了几分钟，只好打车。反光镜里是司机瞌睡的脸，他开完这单就要交班，然后回家睡觉了吧？

不过，郊区也有很温馨的时刻：

有时，我来得早，八点多就到校门口了，而皮皮九点半才下晚自习。我就去周围散步。这一带树木多，无论往哪个方向望过去，都是一路密密的绿树，夹道而立，空气也清新。年轻人都下班了，女孩子们穿着米色粗针毛衣、千鸟格呢子裙、小长靴，一路打打闹闹，嬉笑而去。美食广场上，胃口旺盛又好奇心重的年轻人，一家家吃过去，手里抱着油炸菌子，嘴里吃着臭豆腐，还在奶茶店排着队，有小男生抱着吉他唱歌。我恨不能也大声唱：

"我喜欢怒放的生命!"

我开了辆共享单车,沿着绿荫道骑起来,没有方向,没有目的地,湿润的晚风掠过我的脸,暖黄的灯火下,主妇在收拾和洗涮。骑着骑着,眼前惊现一片波光粼粼的野湖。我停车欣赏一会儿,这一切都汇成了柔美宁静的小夜曲——这一带地势平缓,共享单车骑不快,却也不吃力,缓疾适中的车速,恰好适合体味一条郊区街道的质感。

路边有烤鱿鱼的鲜香,有烤毛蛋的腥香,还有炒栗的焦香,有水气飘来,是汤包店。我停下来吃笼汤包,汤包还是要吃现蒸的,已经被蒸成半透明的汤包里面,肉冻融化后的汤汁溶溶欲滴。

我骑过皮皮的教学楼,一间间教室灯火通明,想着我的孩子不知在哪盏灯下学习,我心里有很温柔的牵动。夜市的水果摊开始收摊,三块五,就可以买一盘皮皮爱吃的哈密瓜。

又有时，早上送完皮皮，我继续在郊区骑行。秋日已走向深处，共享单车的座位上，全是夜里落下的露水，不远处，草坪上的叶露，也在闪光。骑着骑着，就看见长河静穆，山峦洁净温柔，牵牛花未谢而白鸟正飞远——秋水如此静明，白鸟斜掠过水面时，它的翅膀清晰地投影在水上，它的翅尖还粘在水面上。白鸟像是一枚邮票，从水面上被撕下来，贴在秋日的书简上，寄往时光的深幽之处。

我伫望久久……我是松鼠，预知酷寒冬日即将到来，早早在记忆库里存满足以慰藉心灵的视觉果实。在南京，山水与日常是完全相融的，它不是悬置在日常之外的逃逸，它如此真挚地参与了生活。这正是它打动我的地方。

四

下了晚自习，皮皮飞快地收好书包，经过多次测算，我们找到了公交车的发车规律，估算出某时某刻，这辆车会准时经过校门口。如果皮皮忘记了口罩或校服外套，就要酌情考虑了，因为错过一班车，就要再等十五分钟，在寒风中的苦等，以及挖去金子般宝贵的高中生睡眠时间——公车上，我常常看到格式化的高中生的脸，一式一样的，不是指五官而是身体语言。就像我的孩子，因为疲倦和缺觉，累得连玩手机的精神都没有，看得出是急急出门赶车，头发是乱的，衣服也没翻好领口，车在颠簸着，小朋友的眼皮耷拉在镜片后面，她睡着了。

我们总算赶上了车，坐在倒数第三排靠窗的那个座位上。深秋气温适宜，公车不开空调，车窗已经被人打开，皮皮也想呼吸一会儿深秋的空气。公车离开站台，开入茫茫黑夜，郊区树木森森，楼群少，空气比市区更清凉，风也更强劲，带着萧瑟之味。

晚班车里，总是遇到那几张熟悉的脸。这个时间点，从郊区赶往市区方向的，都是下晚班或是放学的人——人流是潮水，早晨涌向市区，夜晚退潮回郊区。所以，早班车由郊区发往市区方向的，要比反向的那班早半个小时，这正是时间在涨潮。早班车里全是刚刚化完的鲜艳妆容，梳理顺滑的直发，姑娘们露着不怕冷的小腿，挽着便当包，出征市区了。退潮时，所有乘客的脸，就不一样了，一个个都只剩一格电量，歪倒在车座里，在短暂的无人监管的空白地带，抓紧时间玩游戏、刷视频或是假寐。

公车在黑漆漆的公路上开着，过几分钟，它就到一个站点，那里会突兀地有几幢高楼拔地而起，隐隐看见远处一个地铁口的轮廓。面露疲色的打工族们，从地下涌出来，拎着大包小包向楼房走去。高楼上，陆续亮起了灯。似乎是在安慰抵达之前漫长的黑路："坚持一下，马上就到家了。——黑夜中高楼的灯火，总是让我很感动。我仿佛看见一个微如蝼蚁样的人，用一生的孜孜劳作，努力庇护着老弱，建造一个家。他佝身穿过浓黑的夜，在这个狂风四作的冷漠世界上。

每次出门前，我总是惯于留一盏灯，台灯的暖光，透过麻布窗帘。那无人的空间，在等着我和皮皮回来。偶尔我扭头回望它，它是低垂的注目，也是屹立的堡垒。

我轻轻地抓着皮皮的手，从周一到周末，她要抱着书包和画包，马不停蹄地奔走在教室和画室之间，九门文化课外加去画室画画，让我的孩子像被榨干的芝麻秆一样轻而脆。她是如此平平无奇，却又如此珍贵无双，而这相悖之处，这个矛盾的交界，就是生命的价值。我握着她的手，我会努力工作，尽力护她衣食周全，给她护航，帮助她完成梦想。是的，黑夜中，也有属于我们的那盏灯火。

下车，走过一段与铁轨平行的道路，火车呼呼疾驰而过，让暗夜更荒蛮。爬上一个天桥，这座过街天桥，通向我们的家。我们走在桥上，皮皮突然说："今晚的月亮真美！"我抬头一看，天上云峰暗涌，中间有个圆洞，银盘似的月亮就在里面游走，忽隐忽现，把洞口照成了贝母色。确实很美。我说："你有没有听过一首歌?"然后我就唱起来:"月亮在白莲花般的云朵里穿行……"天上的贝母云照着,桥下,从城区回家的车流呼啸而过,我们也一路唱着歌回家了。

让美活过来

每到开学之际,家长群里发布的信息,除了课程安排、分班、教辅材料购买之外,例行会有书单。

从小学到中学,这几乎是一个惯例,这些书单,有些是学校开出来的,又有一些,是家长请求老师列出来的。选书缘由是:"现在的考试题目非常灵活,尤其是阅读理解这块,为了对付考试,孩子们必须拓宽视野。"

此"读书",不同于彼"读书",它类似于职称培训和考公辅导,它的阅读动机是应试以及之后的择业上岗,并不是为了修身养性。

但不管动机如何,让孩子有个契机去接近精神生活,总归是好事。书单里有一些书,开得非常适宜,比如小升初时,老师开的劳伦兹的书。劳伦兹是一位优秀的动物行为学家,充满爱心和幽默感,文字生动易懂,非常适合一个刚上初中的孩子的阅读水平,且它的趣味对高压学习生活也是补偿和调剂,我举双手赞成。但有些书,明显超出小朋友的阅读能力,比如某哲理散文家,写作水平一流,但是他的书行文艰涩隐晦,阅读成本太高,需要开凿冰层的利斧。十二岁的孩子,无论是思考力,还是人生阅历、知识储备,都不具备阅读这本书的能力,他们压根摸不着开关。

又如另外一些老师布置的书,是艰深的美学专著。让小孩接触美学这块,是一种极好的理论引导,但是,这些书过于专业化,不是一个中学生能啃的。我个人觉得,应该从一些诠释性的启蒙作品入门。还有一些古文书,事实上,连我都在反复精读,但是以孩子们的口味,实在是比较寡淡无趣的。于是我自己动手,择出重点,找到一些高校老师的通读讲解音频,让孩子在入睡前洗漱或闲时,顺便听上几段,把它简化、打散,溶解在生活中，以便于吸收。

　　书单的出发点很好，但是在操作过程中，它被割裂了，或者说，重点转移了。我看着孩子从小到大的书单，有时会想，家长们自己读这些书吗？哪怕翻开书稍微读几页，也该知道它们根本就不适合孩子阅读啊。较之于把书单上的书买来扔给孩子，更重要的应该是：家长本身就认可阅读这件事，能深刻地理解它是一种灵魂养分，有长远的滋养作用，不是为了应试或利于就业。书有何用？当然是"无用之用"，它就是日常生活的一部分，大家应该像分享美食一样，去交流享受它，在亲子陪伴的温暖过程中，给孩子打通一个汲取精神能量的顺畅通道。

　　2022年国庆假期间，和皮皮去江边。走在江岸，依稀听到乐声，从江中心传来，居然是《红楼梦》中的《枉凝眉》。我定睛一看，声音的源头，是一艘灯火明亮的游船。那船遍体缀灯，装饰得十分俗丽，上面坐着游人，衬着江岸的楼影，真有几分盛世悲音的感觉，仿佛《红楼梦》繁华散尽的苍凉手势。船离岸很远，乐音时而被风声吹断，听不清具体歌词。我赶紧拿出手机，从曲库调出歌来，放给皮皮听，一边给她诵读歌词，又听了《秋窗风雨夕》《葬花吟》。

《红楼梦》配曲是我常听的，陈力的嗓音，璞玉般通灵而干净，让人回味无穷。我们坐在初秋黯金的风里静静听着，我心想："'下贱'这两个咬牙切齿、带着脏感的字，进入歌词，变成《晴雯歌》里的'心比天高，身为下贱，风流灵巧招人怨'，这个词，被歌者咬字咬得如此轻悄洁净，就像曹公轻轻的一声喟叹，而命运已经像貂叼住猎物一样咬住了晴雯。"每次我都会顿在这个词上，像重新擦亮了蒙着水雾的窗户。

我向皮皮讲起《红楼梦》的贾母中秋听笛那段。当时贾府由盛转衰，乐音和之前元宵节、过生日时的喜庆热闹，都不一样了，大家的心里，其实都有了隐隐的寒意。贾母带着女眷围坐的山下就有水，中国的园林也常把戏台放在水边，水面会产生共鸣，水边的声音，听着清亮，假山山石的洞声、竹林风声、残荷听雨，都是园林的声音风景。我们一边走，一边聊。我向皮皮强势安利电视剧版《红楼梦》，和她聊起《红楼梦》的选角、妆饰，给她看我存在手机里的导演访谈。

皮皮素来喜欢简洁素净的发型，只夹一个小小的暗蓝磨砂发夹，军训时她自己剪了两缕头发，挂在脸侧。我就逗她，我说你看看林妹妹进贾府，就梳着垂髫，你们在初中时背过的呢，《桃花源记》里的"黄发垂髫，并怡然自乐"，这是暗示林妹妹那时很小。之后你再注意她的发型，就渐渐成人化了。你觉得书里的人物是角色吗？并不是，她们是活生生的。

我喜欢循季读民俗书，贴近古人与旧时的心跳和温度，《清嘉录》《荆楚岁时记》《东京梦华录》《梦粱录》《北平岁时志》《节序同风录》《敦煌岁时节令》《山居杂忆》都是我附近的书——床榻的附近，心的附近。

很多人会把这类书归于"生活美学"，但所谓民俗，像端午吃粽子、过年包饺子这样的风俗，又比如《西湖老人繁胜录》里记载的，南宋时期，到了五月一日，家家就开始供花，"虽小家无花瓶者，用小坛也插一瓶花供养"……与其说它们是"生活美学"，莫若说它们就是生活本身。文学也好，美学也好，就不应该与生活切割开，成为一个像奢侈消费品一样的悬浮之物。

和别的古文献不同，民俗中，有相当一部分都流传至今，还在现世生活中鲜活蹦跶，很容易现场举例讲给皮皮听。比如在《清嘉录》的《二月风物》中看到"放断鹞"一节："纸鸢，俗称鹞子。春晴竞放，川原远近，摇曳百丝。晚或系灯于线之腰，连三接五，曰'鹞灯'。"

我和皮皮在玄武湖散步时，常看见有人放风筝，长长的系线上，仍然系着小灯泡，一闪一闪的，只不过从灯笼变成了使用纽扣电池的电子版。它们成串地摇曳在苍茫山影前，像一个悠长叹息着的省略号："春天啊……"暮色渐深，山峦苍蓝。起风了，风的形状，凝固在湖水的微澜水纹里，风也吹散了飞花丝雨，归巢的鸟叫，又吹亮了古鸡鸣塔的灯火。这一带是古战场，也是大屠杀纪念处。江山更迭，人事兴废，却仍然有什么在修复秩序，一根比风筝线还结实的顽强血脉，消化了我们这个多难民族的创痛，那就是过日子的兴味。

撇开母亲的身份，我只能真实地向小朋友传达我本人对待精神生活的立场。我是拿书当活物的，就像我的亲朋知己一样。我和书的关系，松弛而亲昵，有时甚至是勾肩搭背、打打闹闹的。在我心里，包括那些大师，都是朋友，也会调侃几句，对友人，没人会那么严阵以待、肃然仰视。我希望皮皮也有这么一个心累的时候可以靠一靠的好朋友，彼此长相伴。

美育，也是一样的。

皮皮很想念她的初中好友。国庆假期第一天，我约上她妈妈，大家一起去体育公园。河边有很多搭帐篷露营的家庭。在我们旁边，有一个特别可爱的婴儿，粉嫩的皮肤，藕节般的小胳膊小腿，软软的头发刚刚长到脖子。她穿着米白条纹的连身衣，正在蹒跚学步。虽然是一个事事都不能自主的小婴儿，可是她的打扮可谓精致！因为不会走路，也没法穿鞋，实在没有发挥余地，但是她还戴着小草帽呢，仔细看，可以发现帽檐上凸突起一对鹿耳朵，低调又活泼。

我再审视这一家人，爸爸妈妈也非常美丽，妈妈穿休闲裙，爸爸穿着米白色系的T恤、短裤，帐篷是米色的，连野餐推车都是浅棕色镶皮革的。他们一点都不敷衍，审美高度统一，一看就是一家人，把这家人抠个图，可以直接扔进日剧里。我忍不住瞄了好几眼。一家人，往往有隐秘相通的气息。孩子的穿着风格、爱好，很容易受家长的影响。家长对美的不怠慢，精心营造的美感环境，切身感观的审美体验，也是对孩子最初的美学启蒙。

我想起，在抗战时期，丰子恺在贵州浙大任教，有一次在上课时，他的目光总停留在一个女孩的围巾上，放学后他叫住她："你穿蓝色旗袍，却戴紫色围巾，显得不调和，因为紫色本是红蓝混合而成，蓝紫同时出现,容易互相排斥。你最好戴上一条浅灰或白色的围巾。"他的孩子回忆,平时在生活中,母亲给孩子添置衣物时,都会征询丰子恺的意见。孩子出门前,他如果发现色调不合适的搭配,也让母亲给他们调换。他的标准是色彩调和而不是华丽鲜艳,除了纸上的书画,这些也该算是他的创作与教学活动。

丰子恺曾经说过:"无论家庭学校,凡青年所居的地方,皆宜有花,这是艺术教育上最有价值的事件。实利的家庭,以种花为虚空无益的事。实利的学校,养鸡似的待遇学生,更不梦想到青年的直观教育的重大。"——可视可感的生活细节,正是活生生的美育。让美活过来,活下去,正是一个艺术家父亲的感人于微处。

妈 妈 的 信

吃饭的时候,我妈突然低头,有点羞涩地说:"我昨天找换季衣服,翻了好几个抽屉,居然翻到当年我给你写的信。"妈妈顿了一下说:"真想不出来,我当时居然有那么多话要对你说,好像怎么写也写不完似的。"

我连忙让她把信拿出来给我看。妈妈从床下拖出箱子,里面有几封信:转学后,原校同学写给我的的贺年卡,二十世纪九十年代的卡片——上面涂着粗糙的银粉、画着很主旋律的圣诞图案。还有,就是这封妈妈的信。

信封上写着我的学校、班级,还有我的名字,名字后面写着"女儿",不知自小腼腆的我是怎么在众目睽睽之下收信的。中学时代的信,都是放在传达室里,有时会有同学顺路拿到班上，摊在讲台上，大家自取，当时我是偷偷地拿走这封信的吗？不记得了。

皮皮抢过信纸，想大声地读出声，我立刻制止了她，怕她外婆也就是我妈，会觉得不好意思。我把发脆的信纸展开，上面是妈妈年轻时的字，字原来也会老，妈妈现在的手力不足，记性也坏，字的棱角没了，字体是软的，很多错别字。年轻时的字，倒别有一种隽秀。看落款是1990年，那年妈妈去上海探亲，后来转道去云南。舍不得买卧铺票，三天三夜的火车，坐得腿全肿了。妈妈就是在这旅途中，在上海、昆明，一直给我写信。

写的是什么呢？"女儿，那天你帮着妈妈推着行李，到火车站，妈妈很高兴，我的女儿终于长大了。""你该考过期中考试了吧？考得怎么样呢？妈妈很想念你，一定给你带礼物。"这样矜持克制、几乎没有什么修饰词汇的表达，却已经远远超过了我妈日常的抒情幅度，足以让现在的妈妈，觉得有点尴尬了。我爸爸特别善于言谈，非常热衷于表达，从小，家里都是爸爸的声音：

发号施令的、对我们狂暴怒吼的、醉酒后骂街的。很少听到妈妈的声音。她几乎是个悄无声息的存在。

和她比起来,我实在是表达欲喷薄。我刚给我家皮皮写了很多信,准确地说,是一本书。可是我对孩子的爱,又怎么能达到妈妈的百分之一?

妈妈的爱,是春风化雨,无声无息。皮皮刚出生的时候,推出产房,所有等候的家属,都围拥过来,亲啊抱啊摸啊,我妈却只是在邻床的产妇床边转了一圈,默默观察了一番,然后就悄然出门了。等所有人亲完抱完赞美完,终于发现我们带来的奶瓶尺寸不对(粗心的我准备了完全不适合初生婴儿的大号奶瓶且忘记了奶粉)时,妈妈已经赶在超市关门之前,带回了新奶瓶。她高度近视,又担心我,急着往回赶,一脚踩进了水洼,湿了半条裤腿。

妈妈不善言语,却有耐心和慧心。皮皮周岁的时候,还不能字句完整地表达,坐在伞把车上,老是哭,我们都不明白是为什么。妈妈仔细地观察，调整了推车的角度、改动散步路线。后来有一天，妈妈给皮皮缝了小垫子，皮皮不哭了，也不在椅子上扭来扭去了。原来，是因为便携伞把车布料薄，她的小屁股怕冷。妈妈终于破解了不会说话的皮皮的心思。

新婚时，妈妈常常穿过整个城市来看我。她舍不得坐车，骑着自行车将近一个小时，穿过城市来我这里，带来各种净菜：一只鸡，洗得干干净净，内脏放在小塑料袋里，葱、姜全都理好了。那只鸡我一直没吃，过年时带到婆家，漫天的年夜鞭炮声中，我想妈妈，不知她的餐桌上炖了鸡没有，我想妈妈想得哭了。在这些菜旁，常常有妈妈的手写纸条，写的都是菜的做法和处理方式，或是给我带了什么东西，放在哪里。小小的字，整整齐齐地罗列着物品。这些留言条，才是妈妈给我写得最多的信吧，也是她惯常的表达方式：切实、落地、不言爱。

而我一直到了今时，做了母亲、历经人生沧桑之后，才能在妈妈，这个不习惯说想念和爱的人的留言条里，读出爱,读出想念,读出我离家后她的孤独。我是个长期浸淫于语言,并且大量生产语言的人,可是我却不知道,最深的爱,往往没有语言的外壳,就像妈妈对我这样。雨夜回家,妈妈早早烧好了热水,她想我一定很想泡个脚。皮皮哭闹时,她立刻抱走她,让我安静地读书写稿。妈妈不发一言,却动足脑子在想我需要什么,真正地完成了关注重心的挪移。一盆热水,一个安静的空间,都是妈妈给我的信,上面写着爱与关怀。

咏 电 驴

我忍不住想赞美驴子——电驴。

驴子和骆驼,是动物中的悲情角色,在文学作品中,总是以耐力见长、长途负重被歌咏。它们没有马的飞扬,没有鹿的轻灵,也没有猴子的喜感,它们就是廉价的交通工具而已。沙漠里的牧人转场,让骆驼跪下前蹄,什么家什杂物,一股脑地往它身上放,它缓缓起身,早就箱柜锅炉、杂七杂八地披挂了一身。上坡的路,它爬不动,牧人就扯它的缰绳,骆驼的鼻子流下血来。驴子也好不了多少,走得慢,常常被冠以"蹇驴"之称,还不幸地总与某种人生的逆境相配,强化抒发其失意感,比如"驾蹇驴而无策兮",呜呼哀哉!可怜的驴子,何其无辜!其实它是一种实用的家畜:"头前一捆经霜草,背上三重湿稻秧。"眼睛一蒙，就傻乎乎地拉磨不止。清明踏春，小媳妇归宁，用很少的钱租头驴，搭块驴主备好的褥子，侧骑上去，驴子个子矮、背宽，在乡野的小路上，载着少妇归家的梦想，一步步埋头前行。

在我们这样的中型城市里，电动车使用率特别高。活动半径不超过五公里的话，电动车的优势就很明显：只需稍稍充电，它就稳健前行；操作简单——汽车要考驾照不说，自行车也是要练习平衡感的，但电动车车胎宽、重心稳（相对于自行车）又低速（相对于汽车），根本无须学习，我是在店里买好，就直接骑回家的，右开左刹，简直是傻瓜车嘛；随处停放，极为便利；体型小，自由穿梭于车流，不受高峰时段堵车影响；不排尾气，利于环保……再想想食量小、缓慢却有耐力、价廉物美之驴，对比二者，电动车确实有某种近乎驴的气质，它被称为电驴，挺适合的。

古代人咏物，其客体多是动植物，得乎天然。我们生活在现代电器社会，电器本是无灵性之物，也没有生产情绪的下丘脑，更不可能和人有情感互动，但是，我却对一些电器产生了真实的感情。比如：敲打多年的电脑，这世间，再没有任何一个爱人，像我的机械键盘和老旧显示屏一样，接受过我如此之多的强力抚触和深情凝视了。我常对皮皮说："将来，等你妈百年之后，你得把你妈这台电脑供起来，就是在这台配置落后的破电脑上，妈妈一个字一个字地敲出了你的花裙子、美术课和饭钱，你知道不？有做手艺的后辈，供着祖师爷的工具，隔三岔五清洗上供一番呢。"

还有电动车。皮皮小的时候，我们有辆小尺寸的黄色电动车，跑不快，座位窄小，正好放下上幼儿园的皮皮。每天睡完午觉，做完室外操，游戏结束，皮皮和小朋友团团坐好，小胖手抓着饼干，心不在焉地啃着，等妈妈去接她。那辆黄色小车，是小皮皮翘首企盼的。后来她大了，我们换了中型的电动车。这辆我一眼相中的银紫色小车，虽然我骑着它多半是赶路，既没有贾岛的骑驴推敲，也没有李贺的坐驴觅句，但是在小电驴上，有过我和皮皮多少欢乐的时光啊。如果小紫车有灵，它一定很欣慰，自己是一对幸福母女的见证者。求学时光,时间非常紧促,白天学习,晚上休息,只余下少少间隙,我们可以母女相伴,而这个见缝插针的相伴,有很多都是在电动车上。

最近我在读研究小津安二郎的书。小津电影中的低机位、直线构图早已被人讨论过无数次,服饰色调也是,好像还有个人专门研究他的餐饮。一丝不苟,连台灯、花瓶都是自己选,顽强地用细节构成个人审美世界的小津,也被这样纤细地对待着。这本书的考察不但细微,也有自己的理解,比如"小津喜欢梳好头发的利落女人,竖条纹,直线条,不只是江户趣味,也是现代化的简洁""小津电影中很少出现厨房芜杂的操作场景""1925年,据专家考证,街头穿洋装的日本妇女只占百分之一,而小津电影中则远远高于这个比例""电影里扮演寡妇的原节子,住着两室一厅的房子,却不停换穿着高级和服,似乎不太合理"。

简言之,就是小津电影中的美感和趣味体系,并不见得是精确写实,而是高于且悬浮于他那个时代的,大到场景构图，小到最细微的道具，比如台灯和花瓶、女人的发型、浴衣上的图案，都是精心选择的。有些据作者考证，就是直接从小津家搬来的，拍完以后，导演继续在生活中使用着。是小津用性格的强力和顽固的趣味，建构了他心中所向的美感帝国，他在里面缓步梭巡着。那优雅、克制的镜头，散发出久久不散的余香。

那我呢？款式落伍的破电脑，常常掉下一个字母键还得塞回去的旧键盘，布满风雨痕、擦伤累累的电动车，我的审美世界，与其说是构筑，莫若说是被构筑吧。它是，也只能属于一个二十一世纪二十年代，发展中国家的中型城市，独力抚育孩子的自由职业母亲，也只能被时代按着笔，写下这样未经收拾的生活记录。一个普通人的狼狈生活，值得被书写么？我想，至少对我和皮皮而言，是值得的。

那些迅捷的晨昏，早晨七点就开始早自习，皮皮来不及吃饭就得出门，我迅速地烤好牛角包给她带上，电动车的后座上，皮皮抓着早餐。皮皮说面包真香啊——有人说过女子的美德，像花香一样，是无形的散发，那烤过的面包，也终于有机会发挥它至高的美德，就是那香喷喷的黄油气息。这样的香气，在清冽的秋日空气里，飘过来，让我心安。这一口热量，进了孩子肚子里，我不再担心她空腹学习的饥寒。

晚间，我吃完饭，收拾好碗筷，看会儿书，出门去接她下晚自习。下了公交车，还要骑电动车。从公交车站到家里，电动车要骑五分钟。城郊的十点钟，小路上几乎已经没有行人，只有野狗三两窜过。高大的喜树间，间杂着中型的元宝槭，更多的是香樟树和桃树。两侧暗黑的层层树影夹道，在呼啸的风声里，我们近乎低吼地大声说话——我们行进在小区外面，隔着河道的小路，也不怕惊醒任何人。

这五分钟，对我而言无比珍贵，差不多是我一天的期盼，辛苦工作的酬劳，"茫然尘世的珍宝"。我们两个人，一对极为内向的社恐患者，像电影里扮哑巴的潜伏间谍一样，在无人处，突然开口了，还大说特说，拼命抢话，告诉对方这一天的新鲜事。她和我的生活，其实都极为平淡，所谓的好玩事，就是来了个没见过的同学，有个小朋友今天用滑板上学，张三和李四为了追星吵架了，王二谈恋爱被老师发现了，因为他们戴了同一款卡通徽章，就是那个什么什么（抱歉，动漫世界新星太多，层出不穷，我也记不得她说的是谁）。

我告诉她，楼下我喂了很久的黑咪失踪良久，今天又看见它了，还活着呢，我很高兴……我们捡拾出一天中的高光时刻，分享给对方。不仅"爱情就是说不完的废话"，其实任何一种相爱的关系中，都是。化琐碎为快乐的，不是传达的事情本身多有趣，而是那什么都要分享的共情欲望，你只有和你爱的人才有。

周末，我们抓紧仅有的空闲，去公园和江边。皮皮睡足了午觉，电驴充满了电，大家轻快地奔向短暂的远方。路上，我和皮皮停下来买杯奶茶，吃个甜筒，再带上刚出炉的热面包——面包店每天出炉若干次。下午三点，面包全部上架，满满的货架、满室的麦香，天哪，这真是个幸福的时间点啊。

我们继续前行，路过的那些旧房子，被拆得只剩下门框，我们都在猜那个唯一亮灯的窗口里，住的是什么人——这带荒芜的绝境像《聊斋》。前两天，我们又去的时候，身边呼呼地开过公交车……江边近来开发加速，已经通了公交车，那些楼盘，慢慢开始有人住进去，灯火亮起，像梦魇中的眼睛睁开了。我车上的孩子，已经是个168厘米的高中生了，时间就是这样蹑手蹑脚地改造着世界——有一类写自然笔记的作者，就是定好位，长年固定对着同一块视野，观察其中的动植物微观的生态变化，逐日看下来，会发现：无知无觉的自然，其实表情丰富，叶梢每天都在长，鸟兽昆虫繁衍不息，在车流和人声渐涨的喧嚣中，小电驴，你听见了吗？时间微微不止的心跳。

电动车上，不仅有温馨，当然也有急和悲。多少次，皮皮丢三落四，忘带课本和画具，必须立刻放下写到一半的稿子、做到一半的饭菜，骑上车，满腹怨气地送到传达室，心里把她责备了一千次，回家连灵感也散逸了，硬生生被打断的文章从此没了下文，变成"烂尾楼"。有时周末或学期末，要带大摞的复习资料，电动车吭哧吭哧地跑着，速度也上不去。总算到家了，把书搬下来，书本沉得可怕，我们抱着都很吃力，简直想唱："如果没有你"……我拍拍小驴子，谢谢你，辛苦了，你真棒！

中考前夜，我第三次检查开卷考试课本，发现少了本历史书。我马上起身下楼，路边全是吃烤串和麻辣烫的下班人士，我奔驰在街道上，却没有目标和方向。这个时间点，找不到一家还在开门的书店，我的心是空茫的恐惧。最后只好觍着脸，发短信给皮皮好友的妈妈，她马上把书拿来给我复印，回家的车速就慢多了。松弛之中，我闻出了夜边摊的香味，龙虾已经上市了啊，如果电动车有灵，它也会长长地松口气吧。

还有体育加试。前一天下午，我去探查了考场，把路线记下，标注好。常态下，那个时间段不会堵车，但我还是预先准备好备用路线，回家后，给车充电，结果那个充电桩有问题，半路自行停止了，我只好换了一个桩。夜里被短信提示音惊醒，充电APP通知我，电充满了。我不放心，想想还是下楼试下。凌晨三点，一个穿着睡衣、披头散发的妇女,在吃着烧烤、过着夜生活的路人注目之下,把电动车开到最高速,风驰电掣地试车,开到最高速核实电量是否充满。确认没有问题了,才回家重新睡下。如果电动车有灵,它该捂着嘴偷笑吧。

一个雨夜,发现电驴被小偷撬坏了,手机的电筒光穿过雨雾,可以清晰看到:本是一条直线的锁口已被撬成不规则状了。我在夜色中缓缓地推着笨重的车往家走。皮皮上来帮我推,才走几步,就连人带车摔倒了,腿也被划破了……我突然就崩溃了,一边推一边大哭,像汪曾祺小说里被偷了鸡的文嫂一样,悲愤地对着空荡荡的夜路哭诉命运的不公——我累极了,白天要赶工作,为了省钱跑很远的路去买东西,还手搓了一大盆被颜料弄脏的校服,我实在没力气再推车走这么远的路了。多年前有个网友自杀,临死前最后一篇日记,说的是擦抽油烟机真是烦人的事,是年深日久的超重负载,淤泥般厚重的积郁,才让人在最微不足道的裂口上崩塌了。对了,我得向电驴道歉,气急时我还踹了它一脚。

2021年隆冬，南京下了罕见的大雪，道路结冰，铲雪车迅速清理了大路，但雪还在不停地下。小车棚的铁锁被冻住了，我用打火机把它烘热，才打开门。接皮皮回家经过的小路，厚冰层未化，大朵飘下的雪花又遮蔽了我的视野，迎面突然来了一辆快车，在避让中，我狠狠地摔在地下。前方的汽车停下来，静静地看着我艰难地爬起来，一瘸一拐地扶起我的小电驴。还好，它没受伤，转动手柄，它飞快地重新跑起来，把我们带回了家。回家后检查，我自己腿上倒有大片的淤青。

第二天，太阳出来了，昨天的大雪，包括那些无比真实的、迎面直刺到我眼睛里去的小冰晶，结结实实的刺痛，都像是一个梦。我拍拍小电驴，又出发了。这样的事，在外卖小哥身上，是常常发生的，风雨天，我会忍不住想给他们"加个鸡腿"。赤诚忠心的赤兔马，默念着英雄的传奇，而风尘仆仆的电动车，却记录着多少小民的艰辛啊。

以 吃 言 爱

高中生每周要上六天课,皮皮通常在周六晚上才能回外婆家,享受每周一次的小聚。外婆是粮荒年代长大的那代人,有着极深的断粮恐惧。在我们未经装修的老小区公房里,破败失修的屋中,墙角有蛛网,边边角角塞满了外婆用来抵制臆想中的灾难的食物:床下大桶大桶的食油、门后堆着大袋的米和面粉,空中飞跨着挂满香肠的竹竿,鞋柜里的一点余地,也放着调味料。

这个破破烂烂、气味可疑的屋子里,住着日渐眼花耳聋的老外婆,一只捡来的流浪猫,还有周末归巢的我们。从周三开始,外婆清晨即起,按照食材易腐程度,启动由远到近的准备工作:给皮皮炖鸡汤补身体的干菌,比如香菇、虫草花之类,可以早早备上,随着皮皮的归期将近，周四、周五，再去买配菜。外婆目力渐弱，趁着白天天亮，就把豆芽早早择好，红色野蒌蒿掐出最嫩的芽，肥嘟嘟贴地生的短梗菠菜易带泥，全都清理干净，周六再买现杀的鸡、去骨的黄鳝。

一待皮皮进门，外婆就开始操作，家里顿时像拧开了开关：外婆打开大灯做饭，冷菜入热油锅激起嗞嗞爆响，空气中瞬间爆出野蒌蒿的清香，突袭我们的鼻腔。阿咪被油炸声惊得跳起，在飞过窗台的逃亡路上，被老朽窗帘的大破洞挂住，发出应激的惨叫。外婆不停地催我们上桌，说菜要冷了……几分钟前还无声无色的惨淡家里，顿时充满了气味和声色，"家"这个词，被"吃"激活了。

突然想到：我们东方人，就是以吃来爱的。

也看过好几本书，主题都是写食，但实质上，分明是感激彼此赠予的时光。

《老派少女购物路线》里，像很多东亚家庭一样，母女相处最多的时光，都在厨房。母亲教女儿揉葱油饼，指导她怎样煮出茶叶蛋的美丽冰纹，年节里，一大家子做大菜，你操铲我扶锅的热闹，这些都是羞涩的东亚人用食物在拥抱彼此。《妈妈走后》中，韩国妈妈生前教女儿拿手试水深，学会煮米饭，吃饭时不停地叨叨，让女儿再多吃些，在遍地炸鸡的美式快餐里，努力培养女儿的韩国胃。虽然女儿已经无法说复杂的韩语，但她胃液里的食物语言，必将带她回归母亲及母国。

　　这些章节实在是离我们太近了，让我们东亚读者一边读一边抬头四望，好似有人在偷窥并记录自己的私生活，或是自己的外婆和妈妈也走进了书本。

　　这两位都是在母亲重病时，赶紧记下她的菜式，以期生死两隔之后，可以搭着味觉之舟，让思念可停可栖。她们都在母亲逝后，去做她们做过的食物，以味索骥——外婆做的饭菜，养大了母亲，母亲又用同样的菜式，喂壮自己的女儿。既然爱曾经如此密语流传，那么，它必将以同样的语言反溯和追悼。

　　吃，不仅仅是在餐桌上品尝，更是一个完整的人事流程，在这个过程中，前事翩翩起落：买菜时，必须得去老市场，自然会遇到和母亲相熟的店主，谈几句故人；做菜时，身体已先行默背母亲教会的刀法；摆盘时，会不会想起母亲做完菜后去后院采来插几的那朵茶花？吃饭时，眼前立刻映现她蘸韩国酱汁的手势——及物的写法，本来就易生温，更何况含蓄克制的东方人，都是用食物抒情和存情。一切情愫，都在食事中凝结为情境。食物就是我们的家谱和通讯录，只要一写到吃，那些情境的汁水，就在回忆的热情中开始溶解、滴落，往事历历，如在目下。

　　爱这个东西，缤纷多变：有时，它是保底投资，像"一加一等于二"一样应许着你的幸福；有时，它像雷劈或一记耳光，蛮不讲理又无法反驳地猝然降临；有时，它又是直指生命的及物动词，比如饮食男女。西方式的动词语法是拥抱、赞美、性，反转枪把递与对方，将自

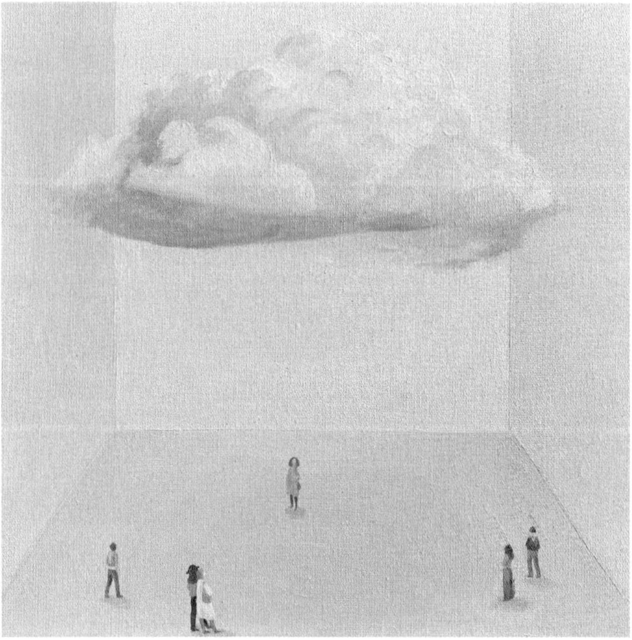

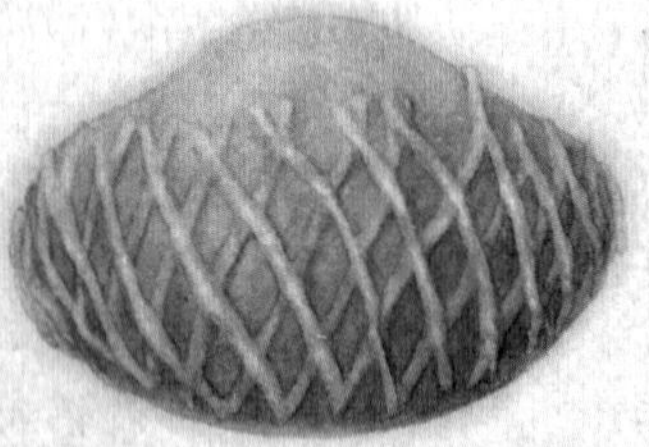

生命的一切苦味,都会被那笑脸熨平。

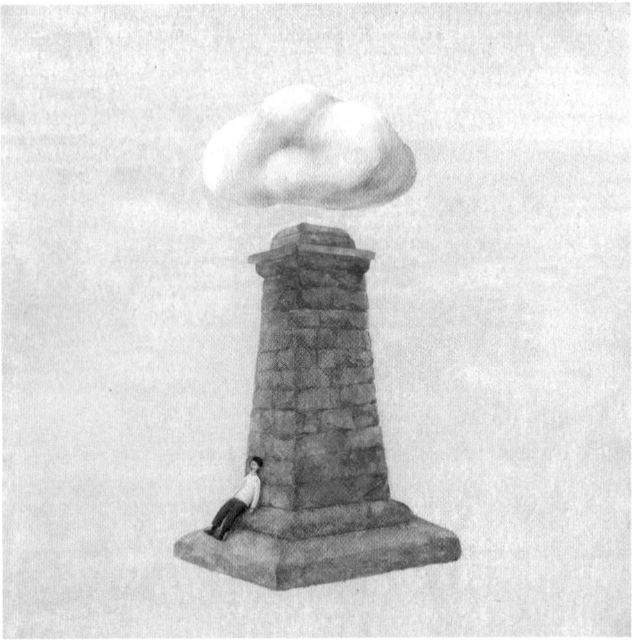

己的身家性命交托，在他人身体里经历一次小规模的飞翔、坠亡和重生。而东亚人是吃，通过做饭和喂食、共餐，来完成生命能量的流动和补给。性是繁殖，是生命的复制；吃是喂食，从另外一个入口喂哺着生命。

我们东方人的"来来来，吃吃吃""一起去吃饭？""再吃一点""明天你想吃什么？"通通可以直译成"我爱你"。还有"吃醋""吃苦头""一起吃苦的幸福"……很多微妙难言的情感体验和内心景观，都可以用吃来搭建。

上个星期，外婆细细观察了皮皮走后的饭桌。皮皮的小碗边，没有猪骨、菜渣，只散落着一些鳝鱼骨……她只吃了鳝段。即使没有任何交流，我猜，到了这周，这道最受欢迎的菜，一定会再出现。果然，装着鱼段的小碗，里面有半斤鳝鱼，正好够皮皮吃（很贵，外婆自己舍不得吃）。小碗放在一块洗得干干净净的旧抹布上，那块厚布，类似于保温垫，可以让动作拖沓的皮皮仍然能吃上热菜。这个"你爱吃，下次我再做"，当然也能翻译成"我爱你"。

前阵子，表姐到我家，我妈要招呼她去饭店，表姐说不用，她自带了鱼丸和青菜。她径自走向灶台，抽出案板咚咚咚咚切菜，在我家点火做起饭来。表姐小时候在外婆家长大，当时我妈（也就是她小姨）还没出阁，她们一向很亲近。她走后，我妈幸福地提了几次这事。我恍然大悟：我妈乐于使用这种亲人才能用的语言：进入私人领地的厨房，默契地去做合乎对方口味的饭，一起说笑着进餐，把对方喂饱。我不爱做饭，常带着外卖与妈妈同吃，想省下炊事时间，和妈妈多说会儿话。我妈常走神，切断我的话题，叮嘱我吃菜，她怕我夜里看书入睡迟，肚子会饿。她的眼睛和心，飞过我的话题，降落在我的碗里。我微嗔她对待我的不专注，原来是我用错了语种，没听懂她的以食言爱。我现在常想，我要去学做妈妈爱吃的菜，停下言语之舌，开启品尝之舌，静静对坐，沉入一饮一啄之咸淡，在食物的欢乐喧响中，直达彼此心意深处。

我要去学习爱的语言。

　　人与世界、万物、他人的交流，都要靠语言。语言包括词汇和语法。比如：当我们步入树林，树的气味也是语言，前提是你得有嗅闻的静心与识别的"外语能力"。接着你会闻出健康放松的树木才能发出的香气，而紧张时它们会分泌警报气味。你也会闻出植物被迫服从人类生态安排（吹叶机、割草机）的痛苦汁液，树会不断散发出气味分子，用某种语法组合，连成它们的心声。这些，都要会读。

　　食物就是其中一门外语。爱吃的人，都是使用同一种母语的同国度人，会吃，就找到了几何体那道解题辅助线，可以去理解他人。《鱼翅与花椒》里，英国作者跟着小饭店老板去采买最新鲜的鳝鱼，看它变成自己的盘中餐，作者写到，"虽然中国人对动物"的态度一直让我困扰，但至少是诚实的。在英国，一顿肉食为主的聚餐，死亡的腥臭就像秘而不宣的罪恶，被掩藏在所有人都看不见的背后。"。吃的这个人，不仅口味宽泛了，而且已经通过食物，学会了比中文考级词汇更生动的中国语言，也多了一些文化认同。

我突然很感动，我们中国人爱生活，真是爱得噼啪作响，不是火山爆发的狂热爱情，也不似火把引路的精神先哲，而是灶膛里红金矍铄的小小煤块，热力四射，一点点把日子炊熟。中国人切菜的刀法超过四十种，连味觉词汇都把嚼海参、鱿鱼和蹄筋的弹牙Q感细分出果冻感、凝胶感和橡胶感，真是爱得吮骨吸髓、一丝不苟——我一度沉溺于记诵辨识中国色名，对着色表卡，给我房间的绿色命名，把它们塞入中国色彩语言的某个抽屉，感慨于祖先对每一眼风景都郑重凝视，像对食材物尽其用一样，嚼尽一切入目的美。中国语言的精致和中国食物的脍不厌细，是同源之爱。

食物絮絮着对生命的爱语。像过年这种需要好心情应景的喜庆时刻，我总会找吃货的书来看。爱吃之人，文字都带着喜相，即使写风物小说回忆录，统统欢喜四溢。

李春方写吃，不超出郊区富农的生活水准，煮藕水、饽饽渣、拌柳芽，一个煮蛋、炒花生之类的平民小食，都能兴师动众翻出好几种做法，佐料不过小葱、虾皮，让我感慨北方旧日吃食的简素。但他的热力何其丰沛：儿时在麦秸堆下的草窟窿里摸到十几个鸡蛋，拿回家去，家人给油煎了，备了胡椒粉，孩子们在桌边围着等——这真的值得一写？值得啊，我坚信，那煎蛋一定是香喷喷的，新鲜、热乎，带着生命的余温和家人的溺爱，怎么能不香呢？田边野地偶得一个好看的大花绞瓜，进村路上遇到个女同学，放在她的谷坨子上，去她家用油盐炒了吃，"极好吃！"我信他说的，谁会在意一个绞瓜长得好看？这得多少热情，多得溢出来，才够漫到一个野瓜上。

每个人以食代言的生命之爱，温度高低有别，就像食物中的油温，看周作人写食文字，用微火温油，有禅味，素淡，简静，菜谱也多是素食。少油，少盐，少烟火气。豆腐、茶干、咸鱼都是"殊不恶"，字里行间都是菜根余味。

而读叶灵凤的格物草木书，会觉得他很博学，而且洞悉八卦，是"涉世"的书生。但是，他在热油旺火的活泼世情里，夹带着冷寂之味。他胃口好，并且平民化，引以为傲的故乡特产，不过是臭面筋和炒米。最简朴的"熏青豆"，也有"淡泊"之味。其实不过是刚上市的毛豆炒至碧绿，几只尖嘴红辣椒点缀了，盛在白瓷盘子里，就引动他的食欲了。他的"风雅"成本也不高，比如"莴苣圆"：新鲜的莴苣叶腌制了，卷起来，中间夹片玫瑰花瓣，送"茶淘饭"。菱角，最价廉之物，也嚼出"粉而甘香"，在香港，买了几只不好吃的乌头菱，干脆做"案头清供"了。但是，杨梅到底是杨梅……那篇文章的名字叫《莴苣和杨梅带来的幸福》。还有一篇是看花，说是香港的木棉，花托很重，像六瓣的螺旋桨，下落时是打转的，他就在树下看落花，实为浮生一大乐趣——看叶灵凤的"随遇而安"，常常会想到"可爱"二字。

食物也是方言，它不仅抒发小爱，亦是故土情：唐鲁孙、梁实秋这批渡海而去的人，一辈子都活在民国的味蕾里，在纸上孜孜怀恋着老北京的小饭馆和小吃，抱怨此地的炸酱面不地道，偶尔闻香循味找去，找到一道七八分神似的小吃，就像流亡之人听闻乡音一样欣怡。食物代言了固执的乡愁，一边记食，一边抖落着旧京的掌故和人事，简直和执着使用意第绪语写作，活在旧日精神故乡里的辛格一样。邓云乡笔下的吃食很热闹，四季循时而来，春天的黄花鱼、藤萝饼开启一年的胃口，夏天的冰碗、酸梅汤凉凉胃气，秋天的螃蟹、炒栗贴贴秋膘，冬天的烤肉、火锅暖暖身子，但他又任性，坚持认为北方食物比南方好。邓云乡在上海，一味感慨白菜不如北京好，汤圆不如北地"元宵"。那个在北方槐树树影中午睡醒来的少年，一辈子休憩于斯。

很多食物都是群食性的，所以，它必然是集体感情的承载者，而味蕾，它最记得那些欢聚时光。任溶溶的快乐童年里，怎么也少不了年前炸芋虾的盛况。炸物耗油，只有在过年时，左邻右舍每家拎来一两斤油，倒在大锅里，集群力才能完成这个作品。众人煎炸围观，顽童嬉闹打闹。无独有偶，据江献珠所写，在她爷爷羊城头牌美食家江太史的家中，祭完灶准备过年，也是各房不单开油镬，而是全家妇女集中在神厅里，铲豆沙、搓粉、落锅——食物就是老相册，一上舌尖，即上心头，立刻被唾液转译成人群欢聚的笑语，响彻耳畔，而那些共餐之人，穿过岁月迤逦而至，从此随味蕾永生。

读书的女人

一

皮皮离开外婆家上高中,由此,我妈开始了空巢生活。一反往日照顾皮皮时的琐细忙碌,她的日程表突然被清空,所有的工作都消失了,只剩下白茫茫的孤独。她一生都凌晨即起,操持家事,耳观八方,手顾四面,像个交响乐队指挥一样,指挥协调全家各成员的独奏。现在的她,清晨起来,却发现无事可做,又睡回被窝,她睡不着,披衣独坐很久。天黑了,她又茫然地坐在渐渐暗下去的天色里,不知做什么好。她不知道该如何消费"闲适"这个她从未享受过的奢侈物,她无法理直气壮地虚度。

我妈一向对他人行巴洛克繁复风,对自己行极简风。皮皮常说外婆过去给她洗头,简直像制作艺术品一样:先不厌其烦地摆好若干毛巾,从洗头的,到披肩防湿的,到一擦再擦干用的毛巾,直至最后的干发巾,至少四条,然后,洗前梳,洗后梳,半干时再梳,发型还不一样。我旁观得心累,一把抢过毛巾,把皮皮拖到水龙头下面,三两下冲好了。可是,在皮皮刚出生时,为了带皮皮,我妈昼不能停、夜不能寐,累得连澡都没力气洗,长了一小腿的湿疹。

自从皮皮离开,这不,我妈开始极简生活了。她不是经济窘迫,而是不习惯为自己经营生活。她每天就是煮饭,蒸几片香肠,早餐冲袋大麦片,那是她参加养生推广活动的赠品。吃粽子,她突然大叫一声,我以为她咬到了沙粒,结果是:"粽子里有这么大一块肉!早知道应该留给宝宝吃!"她为此懊恼不已。

我给她定了餐饮最低标准,就是牛奶、鸡蛋一定要吃,晓之以理是没用的,必须动之以钱:"营养不良会生病，去趟医院，哪怕只是排查都是千元起步呢。"她终于愿意喝牛奶了，结果我周末回家，她抱怨说牛奶坏了。我说："你不喝，它过了保质期当然坏了。"我妈讪讪地说："我想留给你们喝。"我说："你外孙女常常点餐，餐饮水平不错，你女儿要保持身材，我们都不需要过剩热量，你爱护自己，就是让我省心。"见我恼怒，我妈似有所动。前天她给我打电话，说她买了一条鱼，我立刻表扬了她"这就对了嘛"。我妈接着说："我把鱼头鱼尾都吃掉了，鱼肚子留给你吃啊！"

二

我妈还觉得，老年人就应该帮忙带孩子，处理我无暇应对的家务，不能提供服务价值，让她觉得自己"没用"。事实上，她连照顾自己都有点吃力：这个社会的脚步太快，她跟不上。她好不容易才学会用手机打开二维码，却依然不会用软件点餐，抢不到电子优惠券。她怕浪费我的时间，拒绝我的陪伴，非要自己去看病。偌大的医院，挂号、拿药、看病，都是电子化的，她怯怯地请人帮忙——她又是最不愿意麻烦别人的人，这些都加深了她的挫败感。

她老说："我怎么一下子就干不动活了呢？看你这么辛苦，我心里特别急。"我告诉她："孩子是我的选择和责任，不是你的，当年因为我是一个人带孩子，又得工作，实在忙不过来，才害你牺牲了晚年生活。现在，皮皮大了，已经慢慢能脱手了，你已经为我们付出了一生，为爸爸，为我，为皮皮。你要学着为自己活一次了。"

我妈开始思考"自我"这个重大的人生问题。她从来都是以"牺牲自我"来安置"自我"的，她自身存在的意义感，来自他人。可是，她丈夫去世了，女儿整天伏案工作，外孙女儿忙于学业，她的奉献，已经无处落脚了，自然也就失去了坐标。我给她联系老年大学，帮她寻找旧日友人，给她设计郊游攻略。可是，她的老朋友们，有的老伴也不在了，工资上交给儿女，天天结伴买菜，谈的无非是他人的私密家事，我妈就淡了交往的心，她不是个爱讲是非之人。有些整日接送孙子，没时间和我妈见面。有些多年失联，已经找不到下落了。我妈所面对的，是中国大多数老年女性长期被家庭捆绑，失去社会身份之后的荒芜困境。

我妈开启了她的寻找自我之路，就是读书。有些杂志会定期给我寄来样刊，我妈看书慢，那些短小的文章，正适合她的阅读速度。她在《读者》之类的杂志上，看到了三毛、李娟的小文，很是中意，我去找了原书，给她看完整的版本，但我妈视力极差，不能长时间用眼。我想到一个办法，就是给她开了喜马拉雅会员，在上面订阅资源，调好顺序，接通蓝牙。我妈做完晚饭，洗清碗筷，去公园快走一小会儿之后，就会打开护眼台灯听书，遇到比较难解的、书面化的段落，再回头查核书本。

我在想，之所以在某些文化网站，交友会快捷便利，就是因为一个人的性格和价值观，其实埋伏在他的阅读和观影取向里，会随着书单散发出来。书影音爱好重合达到一定程度的，往往是性格相投的，就像动物散发强劲的体味，同气相求一样。我真没想到，我妈最热衷的作家，居然是三毛，她说三毛的文字质朴率性，热烈不羁，她很喜欢。她连觉也不睡，连夜听完了三毛的一篇又一篇文章。

我重新审视我最熟悉的亲人……我突然想起，我妈和三毛，其实是二十世纪四十年代出生的同龄人。1967年，在三毛开始游学欧洲、闯荡非洲的时候，我妈扒火车、蹭汽车、搭顺路车，和陌生男子拼车，游历了中国的东北雪原和云南。想来，我妈年轻时，应该是个野性自由的女子，是后来艰苦岁月的磨损，暴虐丈夫的欺侮打压，才慢慢使她失去了性格的锐角，变成我看到的疲沓模糊的面目。那是长年处在暴力环境中的人，都会长出的一张脸，因为你不知道什么时候，对方就会暴怒动手。受害者都长得很像，就像血缘近亲一样，她们脸上相同的恐惧和怯态，已经覆盖了她们真实的面目。而书，唤出了我妈昏睡的本我，三毛把我妈的精神原貌，从遥远的往昔寄回给现在的我。我好像收到了在时光中丢失的一张旧照片，错愕不已。

有推销保健品的小伙子,喊她阿姨,和她套近乎,谈身世,巴拉巴拉,说自己特别爱学习,就是家庭条件不允许升学。我妈向来视书为珍物,以己度人,顿时心生怜悯,巴巴地从家里找了书,借给他看。我说这都是商业热情,你不必当真,网上免费电子书很多的,他的目的是让你买东西。我妈反应过来,想把书讨回,那人随口说书找不到了,没了,估计是随手扔哪儿了。我妈有些伤心,她不是舍不得一本书,她是不习惯一个人对书的态度这样不郑重。

日益觉醒的我妈,试图以同样的途径唤醒他人的自我——她们这代老年人,陆续开始凋零,很多女性亲戚失去了伴侣,儿孙也无须她们照拂。我妈和她们通电话,慰藉她们,听她们诉苦:"一个人怎么过啊?我就要住在儿子家,他们白天上班,没人陪我说话,我女儿整天陪着我。"……中国女性的一生,都是融于家庭的,通过与他人发生关系而立足:照顾、怨怼、依赖。她们不习惯于独处,不知道该如何处理几乎是突袭来的个人时空。我妈说:"小孩有他们的家庭和事业,你不能耗着他们,你要学会自己生活,你搬回家,我给你装个喜马拉雅,你可以听书。"我妈试图表达"个人空间"这个词,但她还不能熟练地运用术语,她用自己的词库转译了一下:"就是……那个,人,都需要自己的地方啊。"

三

小说给我妈上了很多人生课。我妈家有五姐妹,她最小,上面有四个姐姐,大姨妈1949年去了台湾,六十年代死于车祸,二姨妈在一年夏天去世,小姨妈隔年确诊恶疾。有一天,我妈突然开始收拾行李,说是要去看外地的三姨妈,我让她稍等,等我抽空送她上高铁,结果她一个人偷偷坐车跑去了。到了姨妈家,我妈手脚不停地给她的老姐姐擦地、搞清洁,然后两人说了一宿的儿时往事,互解心结。回来后,我妈明显舒心了很多,她还默默计划着,要去台湾和云南给我另外两个姨妈扫墓,和我小姨妈一起去寻访儿时在老城南住过的老宅子。

我说你干吗急着做这些,我妈叹了口气说:"我还能活几年？趁着腿脚灵便，赶紧去'辞路'哎。"

原来如此！这个词，是我妈在小说里看来的。小说里那个老头，大冬天的，颤颤巍巍地跑去老友家里，唠些不咸不淡的话，然后家里的老人说，他这是"辞路"来了。"辞路"是个有历史的风俗，大意就是上了年纪的人，预感来日不多，趁着还能走动，上门给亲戚老友们辞个行，这辈子有什么对不住的，请担待。

我妈第一次看到"辞路"这个词，就很受触动。这两个字，写尽了生命的孤独。一个人，来到世界必是独行，离去时亦然。临行前，感谢此生缘分的羁绊，然后，孤身走上黄泉路，留下活人去牵念或淡忘。近年来，伴侣和姐姐的离开，让我妈感觉到生命的终点已经逼近。她和浑噩茫然、忡忡杳杳，或疯狂购买保健品的老人不一样。她理解，也坦然地接受了生命的孤独和消亡，且化被动为主动，提前启动了"告别"这个重要的生命程序。她没受过任何理论训练，她是用生命体验读懂了小说。

四

我妈文化程度不高,常常遇到不认识的字,她把生字记在纸上再来问我。每每我也不能十分确定时,就去查《新华字典》或《古汉语字典》,然后把那个字的诠释读给她听。我告诉她,字典才是最好的老师。她不习惯用电子词典,就查我上学时用的《现代汉语词典》,封皮磨烂的老字典,却让我妈觉得非常神奇。原来,每个汉字,都通往神秘的意义领地,每个字,都能开出词语之花,采摘这些花儿插了瓶,就是诗歌、散文、小说……书,让冬日枯山般的荒寒世界,变成一个枝繁叶茂的春天。书山路边的每朵花,都让她惊艳,比如手机开屏时出现的问候语,如果正逢二十四节气中的某天,就是一句古诗词。我妈说这句诗真美,赶紧抄在她的便笺——她舍不得扔掉的那些超市收银条上。

她们那代人没学过拼音,她只能用发音相近的汉字来做标识,记住那个生字的音。为此,她又开始努力学习拼音。她翻出皮皮小时候用过的教材和辅导书,还有正方形的拼音卡片。这些书，封面都色彩艳丽，透着孩子的欢天喜地。有些卡片为防止小朋友撕咬，贴了塑，还有的为了引发小朋友的学习兴趣，画了大大的卡通图案，我妈在灯下一个个认着。妈妈的满头白发，伏在那些满面稚气的童书上面，似乎很不搭调，但是，在知识的海洋面前，那个低头拾贝的老孩子，一个在学习的人，怎么可能不美呢？

在美术史上，有很多幅画，都叫作《读书的女人》，我依稀记得那些画面：穿着细布刺绣或绸缎裙子的女人，金发盘在头顶或垂落耳畔，在春日的温煦光线中，坐在雕花椅子上，凝脂般白皙的手指，翻开一本小小的牛皮封面厚书。她们要么身处繁花盛开的园中，要么支颐倚坐在百合花影之畔，那些优美出尘的读书画面，是水晶酒杯中饮下的一口甜酒。而我妈妈的读书，更像是长途跋涉于沙漠之后的那口水，这水掺着来往商贾、饥渴牲畜的体味，然而却是润养心源的水。

书籍，是我们一家女性的精神泉源。学习是多么幸福的事，并不只文学，而是方方面面。比如：我不是文盲，但我是图盲——天生视觉就不太敏感，又因为常年读书，我惯以概念思考，直觉日渐僵化。近年来，在陪孩子读绘本、看图像小说和画册的过程中，我才渐渐学会了读图。为了提高理解视觉元素的能力，我和皮皮常常玩一个游戏，就是"回归文盲"。看绘本和图像书时，我们捂住文字解释部分，去除抽象信息干扰，练习用官能感知世界。

有一次和皮皮去看《心灵奇旅》。她说："乔伊的房间，有那么多书，还有钢琴，真美。"这个注意力落脚点，真的很别致。豆瓣正好有一些电影里的截图，我们就把乔伊房间及所处建筑物、街景的图片，都串联重看，从居所角度来读解。从图片中可以看出：乔伊住在一个各人种杂处的老街区，老式防火楼梯已有隐隐锈迹，火红的槭树腰身粗壮，这都是时间做的功课。他的房间里没有操作复杂的炊具，他不那么重视吃喝。屋里堆满了乐谱和唱片，他是为音乐而生的。

最后我们一起总结："这不是物质堆叠的美感，而是独自追梦的个人空间。"我们都喜欢这种任意处置未来的自由。我突然觉得，在哪里见过这种都市追梦人的场景，想了一下，我寻出桑贝给《纽约客》画的那些封面，有一张很像《心灵奇旅》的情境：红砖房子、防火梯、无人醒来的后街，一个舞者在阳台上练舞，整幅画面的光，都打在这个小小的舞者身上，寂寂老阳台，瞬间升级为观者围拥喝彩的舞台……这正是舞者版的乔伊。桑贝的都市感，就是"大和小"——在大大的城市、高楼、森林中默默努力的小人物，他们经历的微末小事，心中静静开落的小悲喜。然后，我们不说话，想象着乔伊穿过了桑贝的街道。

学习，就是为了多打开一个感知世界的维度，你的体验层次越丰富，就越能咀嚼出生命的滋味。一双能看到美的眼睛、一个能思考万物的头脑、一颗能享受审美和思维乐趣的心，是一个人能拥有的至为宝贵的财富。如果你品尝过思想果实的甘甜，哪怕一次，你就不想再回到木然无趣的不毛之地。

我也会和我妈分享一些绘本。如今绘本的视觉呈现方式，真是越来越丰富了，从白希那的模型，Hélène Druvert 和伊藤亘的纸雕，到霍夫曼的铜版，还有一些像中东地毯一样编织而成，又有些是橡皮泥捏的。最近，我在看奇米勒斯卡的作品。她游走欧洲，收集了很多旧衣服，然后，她用这些旧布做了很多布艺拼贴画，以此记录和呈现内心。她用布贴画创作过一本《献给奶奶的摇篮曲》。奇米勒斯卡来自波兰的纺织之城——罗奥，她的奶奶是纺织女工，她们纺过潮男的领带、新娘的婚纱，也织过战士的绷带、战争寡妇的黑纱。奶奶从软布包裹的婴儿，在战争中长大，变成用粗布擦地的主妇。奇米勒斯卡以布艺做画笔，隔着时空回溯了奶奶的辛劳一生——摇篮曲是哼给婴儿的，被爱的人在爱人眼中，就算奶奶也是婴儿。

所有的这些图案，都是奇米勒斯卡用她收集的旧布、老花边、家传纽扣，以及友人收藏的旧织物拼贴制成——旧布被人穿用过，带着人的温度，它磨毛了的经纬，恰似岁月对人的磨损。缝合的走线，正如日子的针脚。发黄的，既是布面，也是时间。布的反面，图案模糊隐约，正是我们无法言传的内心，又带有起雾清晨的诗意。图案背面残留着线头，像我们内心的纠结，而这所有的不完美，是被接纳的。奇米勒斯卡不是用语言，而是用双手的劳作来叙事，而且这劳作，是"缝纫"这种需要韧性耐心、更女性化的力量方式，这也是隐喻。她的书，要是兑换成文学风格，就是那种活在时间中的体温感。这温度，是生命的热情，也是女性亲人之间的疼惜依绊。

关于这位绘本作者，能查到的信息很少，仅止于："她喜欢烹饪、听鸟叫、观察植物，平日里像许多妈妈一样，会烧菜、洗衣服、逛市场""她住在维斯瓦河畔的托伦森林里，每日，在林中与湖畔漫步，踩着落叶和苔藓，轻嗅着潮湿的土壤的气味（她是个气味爱好者，她的一大爱好就是收集香水）"。在她的书中，那些起落流利的劳作，一饮一啄的匍地真切，正是日常体验的撑篙，在为叙事和运镜平稳掌舵。她让我想起了我妈、我外婆，或者说，有多少女性的一生，是这样一本辛劳微甘、五味糅杂的无字书啊。奇米勒斯卡隔着漫长时光，拍哄着辛苦操劳的奶奶入睡:"睡吧,睡吧,我的奶奶,我的宝贝。"这不也是每个爱着母亲的女儿想做的事吗?我几欲落泪。

我急不可待地把书背到我妈家,因为她高度近视,我就捧着给她看。她啧啧称奇于作者的巧手,布料图案的美丽。她总是小心地问:"这幅画是什么意思?"我说你想怎么理解都可以啊,好的作者只启智,不设标准答案。坏书,是盖个围墙,把思路往里圈;好书,是以个人体验为原点,让读者尽量往外走。书的价值,不在于它说了多少,而在于你想了多少。我妈这一生,臣服于我爸、受制于时代、被社会规训,我希望在思维上被禁足一生的她,大胆地走远些。然而,突然拥有的思考自由、自主判断的权利,让素来仰视书本、生怕辜负了作者写作深意的我妈,都不太适应了。偶尔苦思得解,她像发现新大陆一样兴奋:"翻过来的这页布,是前面那页的布的反面!"我问她:"那它意味着什么?""就是……一个人,不是他表面看起来的样子?""是的,你可以这么想。"当然,即使看书,她也不忘叮嘱我快把书放桌子上,因为"捧着这么大一本书,你的手会累啊"。

穿妈妈的

衣服

那年妇女节,我做最后一次产检,医生有意无意地说:"要是今天生就好了,正好可以出来过节。"那是我第一次知道自己怀的是个女孩。我心中满溢着幸福,我一直想要个女儿——少时看过的亦舒小说,经过时间冲洗,我记得且深以为是的只剩两句。一句是:"人之患,在于好为人师。"另外一句(大意)是:"生十个,十个都要女儿。"

我迫不及待地想给女儿我曾经错过的一切,包括扮靓的野心。在我小时候,爱美之心或许有过,但也被残酷地打压了。我爸爸极度重男轻女,他鼓励我不穿裙子、不留长发，也不许流露出性格中的女性特质：撒娇、脆弱、柔软，以便成为他想象中的儿子。另外，他厌恶的颜色，我不能穿，款式也一样。有一次我穿了件宽松大摆的衣服，他痛骂了我一路，强迫我回家换掉。他不爱吃的菜，我妈不小心做了，他把饭碗推开，脸色一沉："不知道我不吃这个吗？"我妈立刻惶然不已——伴侣的平权，家庭成员的平等互重，在我们家是没有的。

于是，我给皮皮买过很多小裙子，印着小碎花、粉色系的，镶着碎碎的蕾丝，绣着精致的写生花朵，连扣子都是小动物形状的，可爱极了。它们摆在橱窗里，穿在小模特身上，溢出轻柔甜蜜的女性气息。皮皮肤色很白，粉面桃腮，穿着粉色系，就是一个行走的春天。我抱着粉色小公主，亲了又亲，我女儿怎么这么可爱呢？但现实很快打醒我的梦境，事实是：一个满脸不耐烦的小胖子，硬生生被塞进一条娇黄粉红的蓬蓬裙，裙褶都被胖妞滚圆的小屁股给撑走形了，行走的春天迅速变成移动的菜单——小裙子很快被嘴角滴落的饭菜油滴、画画时的水粉颜料，弄得斑斑点点。张爱玲的话借我改一下：童年是一条粉色的小花裙，上面滴满了洗不掉的菜汁油渍。

等她长大以后，我发现，她倒是很喜欢穿我的衣服，每次问她想买什么衣服，她都说："像你身上那种。"具体说，就是黑色、白色、米色、藏青色加灰色，极简线条，无任何装饰性细节，清一色直身中短款，穿脱运动都利索，没有难伺候的麻料子，无须洗烫保养。我不止一次地建议她，去尝试花哨点的衣饰。我带她去服装店，感受潮流。可我的女儿，总是潦草逛完一圈之后说："妈妈，这商场的空气太污浊了，我们还是去江边吧，我想到栈桥看落日，我们沿江边往深处走，那里人少，安静。"

我总是担心，我的某种生硬从简的着装心态，无意中传导给了她——我买衣服纯粹是处理实务，为了更彻底地逃避麻烦，碰见合适的款型色号，我就买上个三五件。我有若干件藏青V领极简款T恤，另外还有好几件同款黑色的，它们叠得整整齐齐，依序排放。现在，网购衣服时，换了号，再买两件给皮皮，抽取衣服时，常得多看一眼衣领，互相确认一下："这件是你的，还是我的？"

皮皮这种未经灿烂就归于平淡的跳跃，让我不安。她的小同学们，即使在校规的强制规定下，在宿舍熄灯后的黑暗中，也天天洗吹头发，还偷打了耳洞，染过的发梢，逸出暑假的余味。虽然耳针必须拔掉，头发被勒令染回黑色，但那追求美的顽强努力，就像二十世纪六十年代我妈偷偷从军装里翻出的印花衣角，让我感到青春对秩序近乎哀艳的顽抗。反观我家这位，简直是连梳头洗脸都觉得麻烦，恨不得天天躺床上看小说、逗猫。我仿佛看见，一出悲剧在上演，叫作"没有丑女人，只有懒女人"……不对，是一出悲剧在重映！我本人就是个疏于妆容的懒女人。我怕自己对孩子有负面影响，就像吃喝马虎的妈妈担心孩子跟着也吃不好。

我说："看看你朋友小朱穿得多漂亮，下次逛街时，你和她一起买吧！你手机上不是有钱吗？"女儿看看我说:"可我就是喜欢像你那样的穿着,简单大方,不引人注目,穿得也很舒服。"但我认为一个十五六岁的小朋友,不应该这么清寂,让我觉得是自己剥夺了她的丰富绚丽。女儿说:"但我就是觉得简洁是美的,我不喜欢那种花里胡哨的东西。"碰到我穿着她中意的衣服,她立刻摆出"好闺密就是要分享"的架势,迅速蹭去穿上身了。

我忽然想起,在我生命中的某个阶段,也很喜欢穿我妈妈的衣服。我们都是163厘米,混穿也很方便。我总是打开她的衣柜,一件件逡巡她的衬衫。妈妈那代人,青春期在美的匮乏中度过,中年后,求偿般追求缤纷感。我妈的白衬衫有一排,都镶着蝴蝶结、飘带、木耳边,我常拿去配牛仔裤。花裙子若干,我反配单色衬衫,再选个色系相近的头花。彼时初中生营养条件不及今日,身体发育迟,没有曲线,穿不出衣服的风韵,那种隶属于二十岁的风情尚未付诸身体,绽放的欲望却已早早到来,躲在裙摆、发梢,向世界探头探脑。

我也很爱穿我妈的黑色系衣服。因为年少,那黑色在我身上,全无颓感,只有酷烈。夏夜的热风里,飞蹬着自行车,腕上叮咚作响的一串朋克风银镯,让我恍惚觉得拿到了成人世界的门票,不仅是肉体,甚至在精神层面上。我二十岁时说话、写文,也是熟女的风格,不屑流露出稚气。青春的闪亮锐气在护身,它是苍苍山脉后的朝阳,使人无惧黑暗,就算把黑色衣服从头穿到脚,通篇锐辞,也不会让人暮气沉沉。

也可能,小朋友才会渴望成熟感,而无惧流露疲沓的滞意吧。此时,高挑颀长、眉目纤细的皮皮,穿着我的深蓝男友风大衬衫,那种走路带风的潇洒酷帅,常让我忍不住多看两眼。已经快170厘米的皮皮,人高马大地立在我面前,时不时老气横秋地教育我一下:"你还是太渴望他人的善意了,放弃期待就自由了。"我仰视着这个出生时眼睛都睁不开的家伙:"行吧……到底谁是谁妈啊?"

每个小女孩是否都有过这个阶段?特别渴望触摸成

人世界，包括拥有第一个可以上锁的抽屉，第一个可以反锁的房间，第一次偷涂妈妈的口红、重心不稳地踩着妈妈的高跟鞋溜上街……她们也想穿妈妈的衣服。如果是要好的女友，也会穿同款衣服。衣服是女性之间的悄悄话，就像男生默默递给对方的烟。

我认为中学生应该穿得天真、俏丽、活泼，这是否属于太追求正确的刻板思维呢？小朋友的心理也是深邃多元的，未必有固定格式的统一答案。我对母亲的身份有些紧张，步步小心，时时自省，唯恐给孩子造成哪怕是最轻微的伤害，求全是否也会累人累己？事实上，只要能确认父母的爱，孩子是有包容空间的，他更需要诚实呈现自我的人际关系。

经过重重世事磨损，我渐渐学会放弃预设的幻想，还是去看见对方，然后接受当下真实的彼此，就好了吧。

我的爱，进化成了这样的形貌：

某晚，在校门口等皮皮，突然下雨了……懊恼之下，突发奇想：不如去文具店买件小雨衣。我一直想试试那种冬季外套一样的直身雨衣，比雨伞更独立，比雨披更灵便。我选了明黄色款，好看又潇洒，又给皮皮买了件白的。这下我又开心起来了，一边躲在雨衣里看电子书，一边吃刚买的榴芒面包。孩子们放学了，我给走出校门的皮皮套上小雨衣，我们嘻嘻哈哈地走向车站。回家后，我把两件雨衣晾起来，它们一黄一白，一前一后，像两个嬉戏打闹的好朋友——就好像我们在路上一样。

我的爱，现在就是这样处于进行状态中的。像送皮皮上学之后的归途上，我立在雨雾中，惊见树芽在春雨中一寸一寸变长。我记得昨天它还是萌芽，现在已经长出掌状嫩叶，树汁似乎变成气体，让青色在空中流动着，春天肯定对它做过什么吧？我只需知道，春天就是眼前，这样就好。

整 理

你 的 人 生

家务劳动中，比起做饭，我更喜欢收拾家。

每每情绪低落或烦乱时，我就起身四处逡巡，把冗物揪出来清掉。明亮的空间，瞬时裸露出来，映衬着朝日或午后的光线，面露欢颜，甚至只是叠好了一卷内衣，归类摆放好一个类别的书，都会让我有巨大的快感。

皮皮上学了，我把她的桌子清理干净，充电器拔下电线，用束线器束好，与插头并排放齐；书按高低和使用频率竖排放齐，裸露出书脊上的书名，便于查找；常用文具放抽屉外侧，不常用的画架，收束好放墙角。已削画笔和橡皮，放进笔袋，收入上层抽屉；未削的备用笔，按色号摆放在下层。每层抽屉上，都贴着注明内容物的标签纸，标签纸是绿叶形的，错落贴在雪白的分层柜上，像是春来的爬藤植物生出的新叶。我退后一步，欣赏一下这整洁清新的角落。

这一切，都让我有安放身心的快乐。

读书、写作，有与此类似的快乐。

阅读时，有些书，尤其是论文、社科书之类，章目眉目清楚、不蔓不枝，可以直接按图索骥；有些书，则像史前壁画，层层涂抹，覆盖着泥炭层、动物爪痕、风化剥痕……难以辨识其写作脉络。这时，我会取出便笺纸，先压缩总结各章目，再反复画树形结构图，修改枝条位置和结构关系，一遍又一遍，作者成文的思路，就能看清了。此刻的我，像文物发掘现场的考古工作者，直起腰，对着用镊子一点点拼了很久的古画，忘记尸液的臭气盘旋，欣慰地舒口长气。

语言,就是一个人随身携带的名片,可以看出一个人的心境、教养、智力、逻辑力、降服己心的力量。我喜爱的作者,思路像几何般精确,笔力全踩在要点上,没有赘述。闲时看一些情感专栏来信,全是大段情绪抒发,怨念重重乃至失控咒骂,不分行,不分段,前言不搭后语,逻辑极度混乱,连基本事实都陈述不清。我们旁观者想帮他也无从下手,最后,他还是继续原来的行为模式了。他只是来宣泄的。而有些信件,段落分得清清楚楚,事情讲得明明白白,看到结尾处,我们发现这个投稿人,自己已经把事情解决了。即使仍有迷惘处,因为诉求清晰,大家也能出手相助。

整理术,简言之,就是丢弃加收纳。它其实是一种训练:迅速判断价值,决定去留,依序存放。既要有扔垃圾的杀伐果断,又要有安放主次的全局观,还要有一丝一缕理出头绪的耐心。写作也一样:单项资料的价值,不仅取决于它自身,更重要的是它与整体的关联度。整理术的精髓是"丢弃",写作最重要的是"舍得删",这样主干才能简明有力地呈现。这些和整理同理——写作，本就是疏通心路的方式，在书写的过程中，也可以把内心收拾得整齐，扔掉冗杂，惜力前行。

整理术是一门专业技术。我还有朋友考了证，常常跟着团队去上门服务，工作小到每一种物什该怎么叠、如何排放，大到柜体审图、整屋规划。在整理师行业中，有一种顾客，被称为"无法扔掉垃圾的人"，出于冲动过度拥物，不及时处理小乱，等积累成大乱，已无力收拾。一个人对待物品的方式，就是他的处世之道，所以，"无法扔掉垃圾的人"也可以是"无法告别过去的人""不能分手的人""难以换工作的人""不适时割仓的人"。

有个朋友不喜欢收拾，总把手边的杂物囫囵塞进塑料袋扎紧，扔到阁楼上。好多年过去，那些塑料袋早已蒙尘风化，里面还有十几年前的超市收银小票、坏掉的手电、已淘汰的翻盖式手机、失去锁舌的空锁壳、干掉的502胶、零食的包装盒、变质的化妆品赠品……他舍不得扔，又不能用，就索性拿个塑料袋蒙住，束之高阁，从眼前推开，留给未来，逃开必须直面取舍的那一刻。

但是，蒙尘的麻烦仍是麻烦，拖延只会让处理成本更高。那些塑料袋简直是我友命运的实物隐喻。在他做投资时，因为不能及时断腕于小灾，最后拖成大祸。天哪，整理行业的那句名言，简直是为我不能扔掉垃圾的朋友们而作："不丢掉无用东西的人，最后丢掉的是自己的梦想。"

我的很多朋友都是书奴，拥书几千册是常态，上万册的也有。大家常常讨论书籍收纳之道，比如全部编号放入隔尘柜，每本都套上塑料袋之类。但我以为：对书本最好的存放是：读它。说到底，平装书、精装书都不过是书的躯壳，书的灵魂是它的思想内容，读了、记了、悟了，哪怕落灰沾油也没事。书的价值，不是在"坐拥书城"，而是在"力学笃行"中体现的，闲置一隅，就是供在神龛里也是怠慢。将字句认真入心后，哪怕把它放生到二手市场，也是给了它第二次生命。

看整理书里面写道："整理的过程，就像是在与自己的心面对面，对思想深处的旧意识进行盘点清理，认真整理时会感到平静，因为你在和自己的心对话。对于那些既没有心动感也不愿意丢弃的物品，思考下它们真正的功能，就会发现有许多物品已经完成了它的使命，可以对其致谢后毫不犹豫地丢掉，心怀感谢地放弃，也会有一种幸福感。"

这不就是整理师版的《入殓师》吗？物尽其用，扔掉。同样，用尽全力地活着，然后死去。对死的敬意，化为珍爱每一刻。那个殡葬师老板，在种满绿植的阳台上，专心品尝香喷喷的烤河豚，这很像进入一个净洁新家的快乐。

丢弃之后，重建秩序的，是收纳。

写作时，备稿的时间肯定多于写稿。收拾整理资料，是最费心费时的。大脑里天然形成一排收纳柜，每天都有新资料进进出出，或者换到另一个抽屉。由此，我总是心神恍惚地过马路，忘了关炖汤的火，像个游魂一样浮游在生活的表面，因为脑子里的柜子，一直在开开合合，噼里啪啦响。我的整理师女友说："其实所有的事物都是你无形思想的有形折射。收纳不仅是把物品摆放整齐，而是通过梳理我们和物品之间的关系，从而梳理自己的人生、人际以及和这个世界的关系。因为我们管理财富、信息、时间……都是把它从混乱变成有序的一个过程，所以，整理和人生的幸福感，是有很大关系的。"

我总是好奇别人的家——一个人的私空间，就是他的心居，可以看出他的性格端倪。如果夫妻或朋友的空间混在一起，不用注明，也能从物件摆放或空间处理中，判断出所属主人。假如一个人的储藏室纹丝不乱、每个抽屉都井井有条，摆放物品有逻辑性（比如常用物都在右侧手边抽屉，同一类工具安插在一条动线上），那我可能会更放心把事务性的工作交给他。

有些空间，没有那么紧绷的秩序感，不乏慵懒散置的小细节：一些有故事的小摆件，来自童年的褪色娃娃，旅途中捡回来的小树枝，海边拾的贝壳，自家猫毛做的戳戳乐……这些琐物，全由一种高识别度的个人气息串联，合香成功，变成松弛适意的私家体味。在大体整洁的框架之下，加一些活泼的零乱作为调味，这样内里丰富又自洽的空间，我忍不住想和它的主人交朋友——其实我最喜欢的那款作家，玩的都是变奏，比如字句行走从不带地图，却能靠强劲的个人气味风吹全局，把废话都排成音步的佐野洋子。

广义收纳，也包括空间处理，人们通过空间说爱，乃至理解生命。

皮皮不在家时，我常常在她留下的空间里给她留言——用四季自带的语言。冬天散步回来，我给她插一束捡来的南天竹、杉果和苦楝果；顺路买的风信子需要日照，让它在我的朝南阳台上开了花，再给搬到皮皮的北窗前。秋天买菊花，我剪下几朵，找来小号剑山和功夫茶茶杯，随手给她插个迷你版的"秋菊有佳色"。刚上市的秋橘，还带着绿叶，我找了个日式浅盘把它们摆好，橘黄叶绿甚是动人……菊科植物清洌的苦香，混着橘皮的甘香，是秋天给终日关在教室里的皮皮发了条季候短信。

有时，我给她摆一幅《放流偶人》，顺手找出原田泰治的画册，摘抄原画的配文，用便利贴贴上去——这个三月女儿节在流水里放偶人，任其漂流的习俗，据说是来自中国的"祓禊"，就是《兰亭序》里流觞曲水边的"修禊事"。我觉得非常有趣，就抄给她看。又有时，放一张谷内六郎的小画，画上是个小女孩蹲在绣球花下，给一条小狗喂牛奶……这渐渐变甜软的空气，是我在空间里给她的留言，让她一放学，就有走进甜品出炉的面包房那种幸福感。她小时候也常遛进我房间里，在电脑上贴一张"爱你哟"的笑脸图。

我妈生长于困难年代，物资匮乏的恐惧感，使她难改囤积癖。她老觉得我家太简素，认为物品的浓稠才是家的气息。我则是在她的塑料袋和废纸箱的密林里穿梭得极度痛苦。但是，我们都不会用自己的审美，去干预对方处理私空间。我的整理师女友说："尊重家人，其实是从尊重家人的空间开始。你爱家人，就要给予对方空间，你尊重了他的空间，就是尊重了这个人，界限感就是一种实实在在的爱的体现。"

整理术，像灵修书一样，一开始总是操作规范，接着是心法，说到底是悟道。像《云水一年》这样的出家修行笔记，里面大段洗厕所、做杂务的笔墨，把它看成整理教材未尝不可。但是，物品摆放齐如刀切的美妙音阶，根本无法与生命怪诞的尖叫一较高下——整理，最终还是得尊重生命不可控的失序部分。

有一天，我突然想起阁楼外闲置的小阳台。久未打扫，地上已变成青绿一片，混合了墙皮、油漆、死去的植物、烂掉的拖把头和木把、青苔……我在楼下起居休憩，浸在似水流年中的每一刻时，它们就在我头顶静静腐烂，经历大雨、暴晒、风吹，渐渐变成难以辨认的未知物。在青山白云的映照下，端出时间的另一款尸身。我把它一点点铲掉，它就像一些年代久远的纠结，情节、因果、情绪碎片，都已经无法辨识，沉积成心底的腐质层……想起我看过的那些好的作家，文字空间里，都会预留这么一块不解之地，与生命不讲理的荒谬干一杯。

妈 妈 的 雨

高一开学月余,正值仲秋之际,有时突来大降温,一夜之间,就从夏天直接跳到冬天,秋天已然缺席了。

如果遇到连绵雨天,那必是古往今来一切母亲的心魔。球鞋必然泡水,烘鞋器不敢用,听说那温度更易滋生霉菌。用粗纸根本就吸不干潮气,粗盐、食品防潮剂的力度也不够,而新买的吸潮竹炭包还在路上。孩子穿着半湿的鞋子上学去了,我的心,整整一天,都捂在这双濡湿的鞋里,内心备受折磨,为什么搬家的时候,就是忘记多带几双球鞋了呢?

这事成了一个精神炼狱,最后我放下手上所有工作,穿过半个城市,赶回外婆家,把鞋子装好带来,撒上预防脚癣的达克宁粉，找出茶树香精油，待孩子晚上回家，坐在香香软软的床边，脱下湿袜子，一双脚伸进香气氤氲的热水里。等忙完这一切，我这颗惴惴难安的心，才安放下来。

而每个雨水来临前的最后一个晴天，几乎都是我的狂欢节：给太阳能上足水，十月天的白天能达到二十六七摄氏度，孩子上体育课自然汗出如雨，回家必要洗澡。顺便把孩子所有的垫被、棉被、盖被都扯下，洗洗又晒晒，鞋子全部拉出鞋垫晒干。拉开窗子，环顾左右，立刻会心于当下：那阳台上一片花花绿绿，尿布、开裆裤、校服晒得热闹非凡的，背后都有一个隐形的母亲。正给被子翻面呢，手机提示音响了，天气预报APP温柔地提醒我："今天你晾好被子了吗？"哎呀，那首歌叫什么名字来着？《懂你》。

寒假里，我和天气预报APP疏远了一阵，但很快寒假将尽，我们重燃热恋。我盯准天气预报上代表晴天的那个小太阳，选个前后皆晴好高温的日子，洗刷鞋子和衣物：校服上不知被谁甩了一滴墨水，牙膏、衣领净、84消毒液、卸妆油、洁厕剂（草酸），百般武器都洗不掉。打补丁，太厚不贴衣服，求全如我，只能一针针用同色线绣上，挡住污渍，刚刚上身的新校服上，伤心地落下一颗大大的水蓝色眼泪。

开学前的时间，就这么一点点磋磨掉了，我的工作全部停滞——岁月从未如歌，人生原是充满了无意义的碎响，待回想，却哼不出曲调。

假期抽空去看画展，往日看宋明山水小品，最爱澹阴薄寒的空气中，那隐约的水光，晓日湖面泛起的水纹，烟雨中微妙的晦明变幻，那饱满水汽中才能孕育出的光影嬉戏，是江南人血脉中流淌的美学暗号，无须印象派的光学启蒙。每次在博物馆，迎面撞上一幅，都觉得宣纸绢缎如故人，而现时，我赏心之余，立生隐忧：湿度太大，东西很容易发霉呢，瞅见那冬日寒山，山头尚有薄雪，出门接孩子之前，先得塞个热水袋焐暖被子，免得让她钻冷被窝吧？

车里看到两个年轻人，全穿着雪白的羽绒服，合抓着一根车杆。他们甜蜜地看着对方，也不说话，凝固成一块糖。一切都这么不耐脏，不实用，在遍地的雨泥之中，这些纯白的衣、鞋、包，乃至爱情，很快就会沾上污渍。身为母亲，买衣物，永远首选耐脏款，雨雪绵绵不止的日子，整月穿一件黯沉羽绒服，活活长成了岁月的另外一张脸。

少女时代喜欢看《雨季不再来》，那些敏感少女的愁绪，是满城风絮时的一点梅子雨，也是纯血质刚烈的殇之雨，极具审美感。但今时，妈妈的雨水霖霪，是坚实的沙砾，磨粗了我的手和心，它更像鞋底一坨顽强的狗屎，抠不掉，洗不净，嵌在鞋跟里，绕梁三十日还阴魂不散，偏执的臭气分子，在眼力尽处强劲发散。从实物变成了心理上的湿冷感。

下半学期开学了，南京的冬春交界时间，雨水尤其密集，而冬日余寒尚劲，冷加湿就混合成了入睡被褥的湿重，衣物难干的忧心，终日雨云沉沉的压抑。

雨落实成重重麻烦，比如接送上下学的困难。

晚上去学校，先得骑电动车到车站，盖好雨披，换公交车，下车撑伞走到校门口，那里俨然一幅地狱场景：家长的车，把马路堵得水泄不通，愤怒的喇叭声，一声接一声，斑斓的灯光，在湿漉漉的地面上流动着，一把接一把的伞，从路口一直绵延到学校大门，高低错落。这条伞路，隔绝出不规则的无雨地带，孩子们从一个个陌生的家长伞下走过，身上也没湿。伞路的延伸线上，是家。忘带雨伞的皮皮站在街边等我，感到头顶默默移来一个陌生家长的伞顶……所有的家长，在雨夜结成了共同体。

早上更要提前起床，此时天还未亮，母女俩顶风在路边等车，待小朋友匆匆跑进校门，我慢慢走在回家的路上，路灯依次熄灭。而一家家的窗口，洗漱间的灯光，这才渐次亮起，千家万户的妈妈们准备早饭的身影映上窗棂，城市在雨水怪的腹中醒了。

我默默坐上回程的公交车,带着残余的困意,回去还要修改棘手的文稿——有一篇文章,结尾处我总不满意,嫌落地动作不够轻巧。文章这种事,还是需要天时地利人和的。我隐隐感觉到,有根漂流木已经在上游掷出,那是我的理想结尾,我祈祷它能在截稿期前到达我面前。另外我还要处理各种杂务。今天这个战斗日,才刚刚开始。加油吧,老母亲。

困

若干年之后，如果让我回忆皮皮的中学时代，可能我的脑海里，会升腾出一团云雾——睡意笼罩的雾。

永远是睡眠严重不足的睡脸，她的，我的，小同学们的。按时放学的话，晚十点多能到家，十一点洗漱完毕，然后小孩继续做作业，我熬不住就睡了。次日凌晨五点不到，生物钟会准时叫醒我，不敢再深睡，隔一会儿就会看下手表，一直到六点起床。小孩就更惨了，她的睡眠，像被粗劣刨子刨过的黄瓜一样，硬刨下厚厚一层肉，那本该属于孩子的、甜美酣沉的睡眠，被商家屡屡拿来做广告的儿童式睡眠，全都被日赶夜赶的十门功课削走了。瘦巴巴的睡眠带来瘦唧唧的孩子，我看看她眼帘沉坠的睡脸，叹口气，再让她多睡十分钟。坐在电动车上，我不停地逗她说话，怕她昏睡过去摔下车。赶到校门口，旁边早到家长的汽车里，也有孩子歪倒睡在座位上，哪怕五分钟，在梦乡延绵着最后的甜美滞留也是好的。

这几年的脸，她的，我的，小同学们的，其他家长的，都是昏昏沉沉的缺觉款。几年中学上下来，孩子们都习得了各种花式打瞌睡法：公交车上能睡、罚站时能睡、开会时能睡、脑门抵在课桌上能睡、听课时手撑着下巴也能睡——面前支着本书，看上去是在读书，其实已经进入梦乡。有一次，皮皮在洗脚时睡着了，差点栽到脚盆里，盆里的水泼了一地……孩子们实在是太困了。

那些睡意弥漫的脸上，长满了痘痘，女孩子的月经常是乱的，痤疮、月经不调，除去青春期因素之外，都与内分泌失调相关，而失调往往是因为缺乏睡眠和巨大的考试压力。昨天看到一篇报道，卵巢功能早衰这类疾病正呈现越来越年轻化的趋势，除去环境污染、食物因素，熬夜加班（学习），压力也是其重要诱因。包括抑郁症，除了创伤与情绪刺激之外，精神压力和睡眠不足也是它的成因之一。

家长呢，就说我吧。初三一年，我鬓角长出密密的白发，并且脱发严重，我从小因头发多，每次剪发都被理发师抱怨，说剪我一个头，顶人家两个，特别费工。现在他应该心理平衡了，因睡眠不足，气血严重亏损，我的头发掉得只剩一半了。吃补药吧，医生也会叮嘱注意休息，我也想啊，奈何做不到啊。叹口气，把药都扔抽屉里了。家长群里，有人在传授怎么在大白天补觉，睡办公室的，睡车里的，各种午觉神器，花样百出。是的，家长都在减寿、误工式陪读。

多年来，我都是上午工作，下午读闲书及备稿。但是，现在我考虑改变工作习惯，因为早晨我总是困不可挡，头脑昏沉，吃不下早饭，没力气买菜，挣扎着做清洁，记忆力水平比存款利率跌得还快，过去我可以直接背记整段资料无须查书，现在走到半路已经忘了站起来要去干啥。

但我必须得健康地活着，老母幼女都需要我照顾，健康于我，俨然是一种责任。没精神也没时间去菜市场，我就直接用叮咚买菜，我自创了很多快手菜，都是白灼或凉拌各种蔬菜，我做了大盒的糟卤毛豆，食用鸡蛋、牛奶补充蛋白质，啃粗麦面包摄入粗纤维。每天我机械地按需摄入这些，省下一切时间补觉，吃喝睡都非官能享受，倒更像给手机充电，只是为了保证"妈"这个平台的正常运作。小孩已经被锻造成了考试机器，家长也一样被迫成为这个机器上的构件。

并且，缺觉版的我，世界观灰暗，表达欲退潮，整个人像沙滩上的鱼一样半死不活，成了钝感的无机物，因疲倦而干涸的大脑里，根本捞不出成形的字句。待补完午觉，顿感万事美好，内心明亮如同云开日出，表达欲开始涨潮，连文字也轻盈乐观起来——睡眠像是大山，隔出两个我，明暗两个色系的气色和语言，两套人生观。

这几年，我常思考睡眠这个事，它也许是个中性空间，主动的失眠，甚至是甜美的。有人喜欢幽闭在夜的密室中，享受那种时空私密感，扩张出自我空间。放假时，皮皮就关在她的小房间里，迟迟不睡，看小说、听歌、画画，这是她从高强度学习中近乎密室逃脱般地凿出一点自处空间。过去读村上春树的小说，看到里面有篇《眠》，讲的是一个主妇，失眠了十七天，她看托尔斯泰、喝白兰地、吃巧克力，而周围的一切都在正常运作，没有人发现她挣脱了日常的桎梏，独居于失眠的孤岛上。她与日常生活撕开，肉身暗淡而精神明亮，这里的睡眠是对个人意识的抹去，失眠就是主动拒绝睡眠对个体气息的中和，失眠带来的独处，重新擦亮了她的自我。但孩子们的睡眠恰恰相反，这是他们唯一的，能逃避刷题记背的自由地带……被动失眠是痛苦的，它是对孩子休息权的掠夺。在战时，连番审讯不让犯人睡觉，逼其崩溃招供，是常见的酷刑。然而在现代社会，它以工作和学习之名，被施用于年轻人及孩童身上。

这疲惫生活中仅有的光，是和文学、艺术、自然相关的时刻。比如，白天我读到一首小诗，晚上读给皮皮听的时候，我会觉得特别幸福。那天我们读了一首《橙》。

作者是温迪·可普。

午饭的时候我买了一个好大的橙,
大到逗我们发笑。
我剥好了橙,分给罗比和大卫,
他们各得四分之一,我得一半。

那个橙,令我非常开心。
普普通通的东西经常这样。
就像最近,去买东西,到公园散步。
是平和与满足。是新的感受。

剩下来的时间挺轻松的。
我把清单上的工作都完成了。
享受工作,还有余下的时间。
我爱你。能活着,我很开心。

这诗写得笔墨简省,但又不能更多了。能好好吃半个橙子,到公园散步,享受工作,还有余暇的人,真是太富裕了啊。这淡泊宁静的快乐,难在其隐性成本——在最清淡的饮食中也能品尝出美味,靠的是敏锐健康的味蕾。从最少的物质中能获得大满足,必须得有闲适松弛的心。他们肯定睡得饱饱的,吃嘛嘛香,不会有一张强忍渴睡的困脸和考不完的试。我看看小孩,她脚边有个鼓鼓的大包,里面是她周末采买的,准备存在学校柜子里的糕点,为的是省下去食堂吃饭的时间,这样就可以趴桌子上小睡一下。也是因为太疲倦,她和同学们常常连吃午饭的胃口都没有,什么时候,我的孩子才能开心地品尝半个橙子呢?

自 己 的 房 间

因为学区的缘故,皮皮从小住在外婆家。后来我先搬回来,再把她接来住,给她布置出一个自己的房间。

这房间原是我的北书房,有一扇绿树摇曳的北窗,黄昏时,可以看到鸽子打着旋飞回巢,久雨乍晴的天气,对面的邻居纷纷晒出衣物。这个与尘世生活相望的屋子里面,放着折叠沙发床和带门书柜,它是我的一个大号读书角。

那天,皮皮带着她简单的随身行李来了。我把她的校服叠好放进旅行箱,贴身衣物收进床头柜(其实是一个简易收纳箱),书桌仍由一张折叠饭桌充任,我又从老书橱里腾出两格书架给她放书。一切都是临时的。皮皮常喊我帮她找东西……房间和她的新主人,彼此还不熟悉——空间和衣服一样,是时间的玫瑰,它是在时间里,慢慢长成主人的贴身曲线,从"居所"变成"家"的。

我开始说服这个小空间,让它由书房的清冷走向少女房间的温馨。我上网给皮皮买了线条简洁的书桌和抽屉柜。桌柜由快递员送进家,和我的想象有点错位,一个五层抽屉柜怎么装在扁扁的纸箱里?打开之后才发现,原来,所谓的抽屉柜,是个"大号玩具",就是一摞铁皮,按指示方向,像折纸一样折出一个个抽屉,再装进框架。想起皮皮小时候,我们一起折小船,然后去小河里放它漂流的场景。但这次我需要独自重返旧时光,去找折纸的手感了。因为,我的小伙伴忙得连闲话几句都是洗澡时对着门外喊的。

开始装了!我在网上找到买家安装视频,一边看一边装。有的博主东拉西扯,像景区的包子,总也咬不到肉,听得人心躁。有的却言简意赅,三两下言明技术要点,赶紧给他赞一个……初秋的空气并不燥热,但我却出了一身汗，桌子简单，但柜子对精细度要求较高，一块板装反了，一切都得推翻重来。我拼命干，晚饭都没吃，我特别想让皮皮一回家，就看见一个干净有序的房间。虽然柜身被我敲瘪了一块，散落一地的包装纸像劫案现场，但皮皮坐定后，那一闪而过的微笑，让我觉得一天的辛劳都值得了。

接着，我又给皮皮选了新书架。我个人习惯是：书的阅读频率和它的摆放距离成反比。易发黄的轻型纸、精装书、不常用的资料书，收进带门书橱。但手边一定要有一个敞开书架，我喜欢人和书那种径直去拿、随翻随放的轻松相处——开放式书架，是我最爱的大玩具之一。我常换书架上的书，这视我最近的研究主题而定，或搭配不同的季候节气，比如春天会把自然文学的绿皮书专门放一格。我也常调换书架上的小画，最近放的是索尔伯格的《北欧宁静的夏夜》和松田阳子的《心的某一处》，画面上是紫阳花和紫伞，那湿漉漉的紫，让我感觉雨意沉沉，有清凉意。这样高频使用中的开放书架，在江浙的湿润空气中，并不会积灰，我买的静电鸡毛掸都很少用。

家里卧室和阁楼上都有书墙,我常常走到想看的那格书下面,席地而坐,像坐在果树下,边吃边摘边玩。现在的实体书做得真是出神入化,前阵子收到一本纹样书,封面为磁吸式,后封加长盖上去,被吸住。我开开合合地玩了半天——之前包里一直装着 NARS 的 Mona,除了它的红棕色调得完美均衡,也是因为它的口红盖是磁吸式的。我就喜欢把它放手里摩挲把玩,听盖子吸上去"啪"的一声。实体书不仅有手感,还有体味,昨天无意中买到一本谈香味的书,居然是用芳香纸印刷的,真是以载体回应了主题,妙哉。我一边看书,一边恍惚回到某个遥远的初夏,那年用的是一款古特尔的香水,和这书的气味有些像。

幸福,就栖息在这些书影荫蔽的时光深处。

给皮皮买过很多大画册,我专门给它们订了双层落地樱桃木书架(无背板),这样皮皮坐在客厅沙发上就可以翻看，无须从高处搬下。这书架尺寸是一米二（宽）乘七十（高）。无背板阻滞，加上三十五厘米的层高，大画册舒展安放，一米二的宽度更是气势十足。这尺寸其实有点冒险，通常八十厘米左右的书架宽度，摆上书以后，最容易经营出丰富调和的美感。宽度到了一米以上，这层书的数量就比较大，书们各有高低宽窄，显得不整齐。书架仅两层又无背板做背景色，更显凌乱。如果全用统一装帧的系列套装书呢，视觉过度一致又显呆板，反复选书、摆放、调整，在有序中调出点小变奏，是我乐此不疲的小游戏。

在皮皮的房间里，书桌临窗而放，它的右边，是一个白橡木带门书橱，存放她的旧课本和小时候读过的书。书桌左边，空调下方，还剩方寸之地，因为空间小，我特地选了开放式书架而不是书橱，通透的款式，不阻断视线，也不切割空间，一米八的高度，正好和对面两米高的老书橱呈高低对比。这就让小空间有了起伏动感，左书架、书桌、柜子、右书橱，都是白色，这条白色动线清新明朗，嵌着满窗深浅明灭的绿，予以小房间活泼的青春感。

我擦干净地板，把书架依墙放稳，底层放大开本的常用教材，上层摆上皮皮小时候的照片、手作、给她买的猫画、流浪猫台历，我给她亲手做的小猫纸巾盒，最后，我把各种杂物一一放进收纳盒。隔几天，我就会给皮皮换上新画和小摆设，这样她晚上看书累了，也能在美的世界里歇歇心。

皮皮房间的空调很老了，出风口的挡板总耷拉下来，我让皮皮的瑜伽熊伸出一只熊臂去撑住它。瑜伽熊跷着二郎腿，坐在书架最上层，带着这款产品经典的渣男笑，俯对着皮皮的小房间。这只四肢可以扭动做瑜伽的熊，是很多年前，我送给皮皮的新年礼物。它来到我们家的时候，随身带着一封手写信，上面写着："皮皮，你好！我是你的新朋友，我们一起玩吧。"（这封信给小熊一种生命感，当然，这是我拟好发给店家的，但皮皮很兴奋。）

慢慢地，房间被它的主人穿出了少女风：地面上散落着校服，桌上一簇簇的橡皮屑，奶茶留下的污渍，收纳盒里冒出一只白熊的头。房间也开始嘟哝着生活的回响：皮皮起身时椅子的咯吱作响，她刷到笑话时的咯咯笑声，隔门我喊吃水果的叨叨。还有，白日里，她留给我的，那深秋熟透的宁静。

房间的临时感，一点点被驱散了，它被皮皮住活了。

现在，皮皮一回家，就会关上小房间的门，我基本不打扰她——我想，她一定很需要这个物理与心理的间隔地带，在夜色深蓝羽翼的庇护下，缓解一下一整天置身人群的紧绷。现在，她也总是一个人出去，喝奶茶、逛街，还会和店员聊天，打听便宜的套餐，顺便给闺密买点礼物。我能感觉出：她享受着一个人的世界，她的自我日渐成形，她行进在熙攘的人流中，她欣然地认出了自己的独像。在自我的孤岛上，她是骄傲的国王，拥有每一寸埋着秘密的国土，她只属于她自己，这确认，让她喜悦。

和我妈

扯闲天

闺密喜好书法，每天临睡前都要临帖，才能平复白日的心潮，然后安心入睡，游漾于线条世界，让她获得内心的安宁；而我是晨起写一会儿，把写字当一个降噪的情绪缓坡，把自己调节到工作状态。她把喜欢临的硬笔字帖复印了，给我也寄了一份，字帖的版本颇为老旧，也不知她从哪里淘来的。排版很有八十年代的风格，让我想起小时候爸爸给我买的庞中华。小小的字一粒一粒，我定睛端详结体和起笔落笔，然后一笔一笔地揣摩，再写。

她写着写着，夜色越发浓黑，月亮西沉；我写着写着，晓色渐至，天一点点亮起来了。我的白天，接续了她的夜晚。友情昼夜不息如流水，流经我们。每次临帖时，我都有一种与她"手谈"的感觉，虽然这个词原指下棋。

但其实这些年，并未有过太多刻意交流。我们这个年纪，上有老下有小，工作又琐碎烦冗，而且我们都沉默内向，不喜聒噪。偶尔有空了，就闲扯几句，说的话题都很随性，当然也知道对方会回答什么，有时扯着扯着，同事来了、快递敲门，话题就断了线，我们也不在意。那些未完成的对话，像野草籽飘在心灵的闲田里，长成了荒草坡。也许，有一天，等我们老了，再去坡上坐一坐。

说那么多无聊的废话，是因为有熟稔之后的松弛——人有本能，会使用与关系相适配的语境。公事关系，一般都使用公用语境，语言都穿着笔挺工作服。同事、客户在公务对话中，通常不谈私事且直达要害，交流也维持着信息密度，信息量过于稀薄是不专业的体现。平日和编辑发工作短信，但凡字数多一些，我必用文档编辑整理，列出要点一二三四。购物时，遇到比较复杂的安装问题，我就在网上找操作视频，尽量不麻烦客服手把手指导。我想：爱惜他人的时间，是做人最基本的善意。

但至亲老友就不一样了，经过长时间的跋涉和磨合，大浪淘沙的筛选，我们已经彼此信任，建立了安全感，从正襟危坐的公语境，走到了拉松领带的私语境。我们有丰沛的情感储备可供挥霍，也就不怕浪费对方的一时半会儿——平日里，不熟的朋友，我是不敢随便约饭的，成年人的交往都是资源互换，我既不能让人获利，又岂敢占用他的时间。我甚至觉得，敢不敢理直气壮地浪费对方的时间，已经成为测量关系深度的一个标准了。

语境和关系错位，必然导致不愉快。比如：一个陌生人，一上来就切入私语境，和你谈论私人话题，打探你的私生活，强行进入深度关系，这种侵入式的交浅言深，实在令人反感。反之，如果你的家人总是和你谈论外围话题，像领导一样考评你的工作，如同事般公事公办地交流，语气冷淡如陌路，那种低温也会造成疏离感。

我每次回娘家，都会和我妈扯闲天，我妈一把年纪了，对外界事务越来越不通晓，思维日渐减速，几乎是跟跄着跟随我的思路。时常，我已经从A话题切换到B话题又跳跃到C话题，我老母亲缓缓发话了："A那个事，我觉得……"我实在懒得再七拐八弯地倒车回A话题，也就乱答一气。到最后，对话全被炖成了一锅看不出原材料的杂粮粥。

我妈退休多年，脱离外界久矣，也没有任何社会关系，无论是在理论上指导我，还是在实操上给我资源，或是得到犀利交锋的智性快感，都不可能。但我就是想和她闲扯，不图实用目的，我就是喜欢那种信马由缰任意东西的松弛感。很多事情，在对她说的过程中，被她看见以后，这件事才有了时空中的重量，才有了发生过的实感。是的，在亲人挚友的眼光中，我们才真正地活过。

又比如我某闺密，唉，此人的语言风格真是让我一言难尽，换一个人我肯定会气恼，但我闺密说啥，怎么说，我都能接受。因为我知道她是表述有偏差，绝不是对我有恶意——语意不是医学检查，没有量化标准，它常常取决于主观解读，你对一个人的人品有信任度，用最大善意去解读对方，关系就很容易走向良性循环，反之亦然。

之前在苏州旅行，到艺圃一游。当时写了日记："延光阁里有卖茶水的服务员，占据一角，随时为游客奉茶。今日落雨无游客，只见到几个本地大爷，自带着茶壶和茶叶，在那里拉家常。苏州话我听不懂，类似于'相见无杂言，但道桑麻长'吧"——老街坊见面，闲谈几句庄稼长势之类的话，都很随意的。如果是去高级酒店，一大桌人觥筹交错，谈官场晋升、生意合作，那肯定不是老友，而是同僚或客户了。

观剧，有观众留言抱怨，说剧情进展太慢，男女主角对话无聊……可是，导演明显是在拍生活剧，不是甜宠剧，所以他让剧情以日常流速缓缓流动。同样，热恋中的情侣，并不是每时每刻都在发表爱情宣言，而是津津有味地说着各种无聊的废话，无论多乏味的话题食材，浸在恋爱的麻辣鲜香底汤中，都滋味无穷，被爱情的火光映照得熠熠生辉。在人的一生中,废话能这么大放光芒的,唯有此刻了。

语言,是搭建感情的桥梁,但并不是实用信息才是有意义的交流。有时候,我们需要的是那种卸下武装,可以说任何话,也可以啥都不说的轻松氛围,按摩下职场如沙场带来的紧张。最结实热烈的关系,才承得起最多的废话和失言。

敬 勇 气

有一部日本电影,说的是文青的恋爱。两个文青因错过尾班车而邂逅了,共同的文艺爱好、喜欢的导演和作家使他们相爱了。随着时间流逝,他们走上社会,慢慢发生分歧,女方不满意男方开始看成功学书籍等等,觉得他已经不是灵魂伴侣了,最后,两人分手了。

我一个朋友说她看的过程中差点睡着,另外一个说这些对文化消费品的好恶是很浅表的东西。那我呢?我也没多大感触。这种对书影音的高度契合就是爱情吗?日本难道没豆瓣?多加几个小组就找到同好了。爱情中的契合,不是兴趣爱好的百分百对称,而是独享一个精神空间又完全被信任尊重的自由。男主角以责任为先,女主角随心意而活,他们的底盘差异远远大于局部重合。

打动我的，是青春的溢出，那新鲜的汁液，流到哪儿都能生花，由青春生出的纯爱，是干净美好的回忆，这真是命运赠予的花束。

但说实话，我认为：他们因之分手的，才是爱情中最重要的质素。正是那些乏味的、粗粝的、沉重的东西，才是牙髓，是骨头，是爱情的承重性构件，深刻的关系正是发源于此。而那些甜美的调情、文学化的互动，只是一个周末游的景区而已，充其量也只是爱的序曲。如果像文艺片里常出现的那种，爱情只是在一个晴朗的秋日，点两杯咖啡，互背几句电影台词和诗歌，那爱情也太容易了。现在大数据都发达成这样了，找到书影音高度重合者易如反掌，把这个当成深爱，这是误解了文艺，也误解了爱情。

我在文青圈待了二十年，这类文艺式爱情的实例，见得实在太多了。这类爱情多半无疾而终，有些不愉快的，甚至闹到互撕去法院的程度。这些爱情中，有一些是套餐的组成部分，什么意思呢？就是其中一方或双方有伴侣，伴侣在家里承受生活最糟糕丑陋的一部分，然后再找一个高谈文艺的"知己"，用优美的对白堆叠出精致美好的"爱情"，贤妻在家对付柴米油盐，知己陪他谈文论诗。说白了，就是包裹了文艺外壳的调情和出轨，文艺是帮助他们从日常生活中逃逸的。

他们像报菜名一般熟练地谈着作家和导演，一个个高大上的名字，像软装一样装饰着他们的对话。某些文青轻视物质，觉得谈钱低级，只需几句谈论精神话题的高蹈话术、迎合虚荣心的甜言就能俘获芳心，比一般出轨成本还低。这些年，控诉渣男的讨伐檄文频频出现，里面常会提到那些男性是如何用文艺的幌子去接近女性的——很多人正是因为误解了文学和爱情，才会把一个涂抹了文艺奶油的赝品当真爱。

不管是文艺还是爱情，只要它是与具体生活对立的，用来遮蔽生命真相的，它就不是真正的文艺与爱情。因为，爱的首要条件，就是直视爱的客体。所谓爱生活、爱自己、爱他人，就是去爱生命的全貌、真实的自我和他者。

最近我在读杜甫,杜甫的感人之处,就是昭示了诗歌与生活的生动又朴素的关系。诗原是这样接地气的事。诗,就是穷得只能住个破庙也要写成诗,耳聋、牙疼、呕吐、拉肚子,舍不得花掉的最后一文钱,都能随手成诗。有些诗,其实就是穷途末路的哀号,挖野菜都没处挖了,只能厚颜求个生路、求个房舍、求些米和薤菜,连吃饭的碗都要写诗去求,但这些困窘,由诗记录下来,却有了倔强的尊严。诗,原不是诗人写出来的,而是活出来的。杜甫的伟大,正是因为他不怕脏手,不避丑拙,敢于把手伸向生命最泥泞难堪的部分,而真正的文学,必须深植于那个部分,它饱含对生命至深的爱。而爱是什么呢?爱是强者才能操作的事情。

那什么是强者呢?强者就是勇于面对真相的人,而生命最大的真相是什么?就是它本质上的孤独。这孤独,是伴侣、情人、孩子、父母、好友都无法消解的,是你用结婚、生子、谈恋爱、天天聚会都没法对付的。我怀女儿时,能清晰地感觉到这个胎儿的发育,她每一寸的身体发肤都源于我,我为她的成长做了细致的笔记,但我能洞察她每个细腻幽微的心思吗？当然不能。生命，本来就是用一个孤独生出了另外一个孤独。

聊几个导演和作家，就能解决这巨大的孤独了？怎么可能？人生是一艘黑暗号轮船，在茫茫无涯的夜航之中，有瞬间的交汇，彼此照亮，那一刻，你看见了我，懂得我，已经堪称奇迹——这个"懂得"，不是谈论作家作品的懂得，而是更深的懂得：懂得我的品质，不恶意揣测；懂得我微笑下的倦怠，把我肩头的担子接过去；懂得生之艰难，参与彼此的生命体验。这些精读对方的"懂得"和相惜，可比一起看电影要深刻多了。

找一个精神双胞胎，爱上另外一个自己，封闭在自我的回音壁里，那是自恋的折射。睁眼看见真实的他者，尊重他浑然完整的自我，去容纳异己，这才是爱。从这点来说，我特别感激我女儿，过去我惯用自己的角度去揣测她，我小小的女儿，会勇敢地反抗我，申明她个人的意志。我一点点走出了文青那种自设的爱，学会看见并包容他人，走向更广阔的爱。

爱，就是正视这一切的勇气。伯格曼在与友人的通信中写道："现在我只有一个要求，就是好好地活着。勇于献出生命，勇于接受生命，勇于为生命所伤，勇于感受生命之美。敬勇气，吾爱。"勇于献出生命（一），勇于接受生命（二），勇于为生命所伤（三），勇于感受生命之美（四）。这四句话是个整体，缺一不可，而且我也感慨他这个表达排序，没有献出、接受和受伤的勇气这个一二三，就没有生命之美这个四。

爱情，作为一种至深的生命体验，它当然得和生命同质。谈作家导演那种共鸣快感，是关系的上限，而共度生命的痛苦磨难，是关系的下限。关系的愉悦，源于上限，但它的深度，却来自下限。所谓"执子之手"，并不是牵着手漫步在秋日暖阳下，一起吹风看花赏夕阳，这句诗的原意，是指同处一个战壕里的战友，到死也要并肩作战。这不就是爱情吗？爱情是战什么呢？战的是生命自带的痛苦，那些长夜轮流看护病孩子的疲倦，在产床上挣到脱肛的濒死体验，一起去求人办事的难堪折辱……正是这些最沉重的东西，缔结了深刻的情感关系，那是共同经历生死的战友情,没有比这更深的爱情了。最好的爱情,往往由上限缘起,在漫长的并肩作战中,生出下限。我们看到的很多情深意笃的夫妻都是这样。

就好比:你在街上看到一个洗得干干净净的香喷喷的小婴儿,你抱着他,逗他玩了两分钟,那种丝滑愉悦,只是片刻的多巴胺,就像在花瓶里插几天的切花。只有忍着侧切剧痛喂奶、手搓沾满大便的小裤子、一次次被叛逆少年气得几乎心梗,却仍然近乎愚忠地对他热切付出,只有在这个与生活近身交战的过程中,才能根深叶茂地长出至深的母子情义。

深爱不是"花束般的恋爱",而是"更无花态度,全有雪精神"的勇敢坚毅。《平如美棠》里那些困苦时代的通信,全是谈生计艰难,没有一句文艺腔对白,可是它蕴藏的爱何其动人。而那种消费文艺作品的甜爱,之所以不是深沉的爱情,就是因为它只要"四",却以文艺逃避一二三——真正的文艺和爱情,可不是用来逃避现实的,恰恰相反,它是深刻地理解和拥抱生命最糟糕丑陋的那部分,所以啊,"敬勇气,吾爱"。

精

神

———

风　　　景　　　○

世 间 味

2023年夏天是罕见的酷暑,我一直在翻丰子恺解暑。忍不住想写点什么。

丰子恺是一个全才、异人,但也是活在人世间的风雨泥泞之中,击打出一身风雨味、世间味的人。

他最初的美术启蒙,当然不是什么兴趣班,或是家世渊源——虽然是个举人的儿子,但他九岁丧父,是寡母一人独撑家业,把他抚养长大,他的艺术导师,是儿童的嬉戏:玩红沙泥菩萨,用融化的蜡烛自己塑模,给书本上的大舜上色,用家里染房的染料画像,制作一把十八幅书画环绕而成的花伞……后来他带自己的孩子春游,一路看花折柳攀树,然后在田间摘了豆梗,在茎上依序掐洞，孩子们模仿出音阶效果来吹奏，这悠扬田间的绿色春之声，源于明亮的童心。丰子恺乐于记录稚子幼女的稚拙言行。

艾姿碧塔曾经说过："儿童和艺术家住在同一个国度里。"丰子恺用一生佐证了这句话。儿童，困则眠，饥则食，"口喃喃而语，足跳跃不定"。他们总是于万物有情，本能地"以我心，换你心"，看蚂蚁被踩，会觉得自己疼，忍不住护上去，这其实就是"同情心"。

在初学画的青年时代，他痴迷于线条与形色的游戏，他觉得云影花枝，世间一切，都对他表达出态度和意味。他说如果经过艺术训练，就能从任何物象上读出表情……谁说只有出生才是生命的开始呢？艺术能让人类第二次出生，来到世上。艺术让我们都成了婴儿，重获天地蒙昧初开时睁眼的喜悦。

丰子恺笔下，是我们最熟悉的陌生，我们未曾想到，这些生活的旁枝逸叶，都以入画成诗。

夕照中，稚子依偎在妈妈怀中，急切地等着爸爸归家；小儿给椅子脚穿上小鞋子，被妈妈责骂着；小儿被抱在窗口，执着地伸手要月亮，女儿则认真地和泥娃娃吵架。小朋友们没有大人被社会规训过的虚矫，他们想要什么就大声要，要不到就更大声地哭，这理直气壮的自私，丰沛肆意的生命力，让丰子恺叹服、讶异、并记下。

丰子恺笔下的儿童，绝非完人，时有蛮横、狭隘、无理取闹，而他欣赏的，大概就是童心的率性和坦荡，那广大而自由的性灵世界。他如此惊喜于这近乎佛性的欢喜天真，忍不住要快笔记下，唯恐它被时间冲走。我最喜欢的，就是他二十世纪二三十年代草草几笔的墨戏，而不是后期在战时，迫于生计，多少有些迎合买家、施彩经营的那些彩画。大概因为，前者能看到充沛的心力、满满的兴致。

这个童心中的"童"，不是年龄概念，而是心灵状态。所以，这个最年轻的童心，也可以是隔着千年之遥的古心。丰子恺有很多"古诗新画"，就是以一两句古诗词为媒，触发今日感思，然后翻译成今人今时的场景。这些画，与其说是复古，莫若说是唤醒了我们体内沉睡的中国趣味，唐诗式的辽阔之眼，宋词式的幽微心径。比如："人散后，一钩新月天如水"，卷起的竹帘，一弯新月高悬，桌上草草摆放的茶具，画面中部几乎是空白的。可是空白处，我们分明"看见"了清风袭来，老友相见，"小桌呼朋三面坐"，"听见"快语欢声话平生，没画出的，比画出的要多很多。这就是中国式的留白，几句诗词恍如梦痕，唤起大体量的思维活动，让人回味不已。

"古诗新画"，这里面传递出两个信息：一、文和画可以互为喉舌。我常对皮皮说，你既然爱画画，就要随身带速写本，做好视觉笔记，储备个素材库。笔记这个词，一般是指文学，但是保存新鲜的生命体验，这个在所有的艺术中都是相通的。二、古人的心思。和今人当然也是同理，他们在千年之前投下的小石子，会在我们眼前的心湖里泛出小涟漪。生命行至某时某刻，电光石火间，一句古诗泛上心头，我们突然理解了古人的心境，霎时有一种"收信快乐"的喜悦。

我爱他笔下画中的旧日浙地民俗,这个"旧日",是带着时光滤镜的。回首少年时,未被战火和动荡彻底摧毁的、古老的农业中国,冉冉的老屋炊烟,悠悠的耕读古风,应季的蚕桑盛事——在丰子恺幼年时,即使是不赚钱,祖母也会在养蚕季里,孵蚕煮茧做丝。丰子恺小心翼翼地跳过地上蚕匾间的桥,开心地吃着煮给工人的枇杷和软糕。

在一生中最痛苦时,童年总是慰藉着他。那些写在晚年被批斗间隙的忆旧文:《过年》《清明》,分明也漾着童心的雀跃:从除夕开始,两张八仙桌拼起来祭祖,之后可以去街市游荡,大新年,吃谷花糖茶(谷花差不多就是糯米谷版的爆米花)。窗外是时时鼓乐之声,新年里,家家户户,有锣鼓铙钹的,都拿出来供人演奏了,街巷里,处处是民间大锣大鼓的新年喜庆之声,也唯有放在过年,不觉得喧哗。

还有清明上坟。其实在旧日,上坟就是老百姓的春游,大地回春之际,万物萌发,加上初春时而微雨,天地如洗。在这样的天气里，水乡之人坐船出行上坟，一路观赏美景，吃野餐，是件乐事。仆佣妇孺，大人小孩，租好几只船，旖旎水面，祭祖完毕，吃过烧鹅，孩子们满山跑着采花，数石狮子玩，归来时，满怀春花戴在头上，也装饰了船窗，又照亮了迎面窗上的人眼。船舱里，姑嫂们开始洗手做暖锅，大家玩得不亦乐乎。这个上坟船是旧俗，张岱笔下就记录过："虽监门小户，男女必用两坐船，必巾，必鼓吹……下午必就其路之所近，游庵堂寺院及士夫家花园。"

而丰子恺的浙江老乡周作人也提及过。周与丰都生活在浙江，虽细节处有殊异但也算地域接近，也都心仪于日常之美。最巧的是：周作人是关在老虎桥监狱，在饼干盒子上写下了他的儿童杂事诗，有首诗提到上坟，回忆了浙地应时旧俗："龙灯蟹鹞去迢迢，关进书房耐寂寥。盼到清明三月节，上坟船上看姣姣。"而晚年的丰子恺，也是在无法工作的挨斗生涯里开始写琐忆。看来，童年确实是人类的精神原乡。

也因为非战斗性的温和力量，底色接近，我认为，丰子恺给周作人的《儿童杂事诗》所配的图，远比给鲁迅的《阿Q正传》所配的图，来得欢愉与传神。录几首周作人以儿童口吻来作的诗，写贺岁的："新年拜岁换新衣，白袜花鞋样样齐。小辫朝天红线扎，分明一只小荸荠。"（《新年》），就像学童在放学归家路上，重获自由，东张西望，满心的欢乐，这样一路捡拾出的小欢喜，丰子恺笔下也常见。对"漫画"二字的理解，丰子恺更多地视之为视觉化的抒情小品，对生活的白描日记，而不是针砭时事的讽喻作品。

丰子恺的艺术源流是丰富的：他早年师从留日归来的李叔同，受过系统的西画训练——素描、色彩、写生那个路数。青年时代游学日本，他被地摊上的一幅竹久梦二的画所吸引，他沉迷于那种三两下抓住人物神态的快笔；丰子恺爱古诗词，即便是逃亡途中，也在短暂的寄居处贴上喜欢的词句。他的画，也有古意，意在笔先，以强劲的线条，利用笔势起落，迅速抓住人物的神思——很多习过西画的人，都要辗转突破精确的写实训练在体内形成的桎梏。我看几位经过西画训练的敦煌复原工作人员自述，都是花很长时间才理解了中国画的意在笔先。

借用一段丰子恺评述竹久梦二的话来定位下他本人吧："竹久梦二熔化东西洋画法于一炉。其构图是西洋的，画趣是东洋的。其形体是西洋的，其笔法是东洋的。自来总合东西洋画法，无如梦二先生之调和者。"说到底，哪种技术并不重要，它们只是画家拿来谱写心曲的工具，真正发声的是心源。

竹久梦二自称"草画家"，给三个儿子命名都用了"草"字。草，一是指野草，二是指书法中最挥洒自如的草书。竹久梦二漫步街头，随感随画，草草几笔，迅速抓拍一个场景，获取最大程度的创作自由。丰子恺有得自竹久梦二的信息处理方式，他不喜欢苦心经营的工笔和构思缜密的长幅。

丰子恺也受陈师曾的影响。在陈师曾的风俗画里，有吹鼓手、抬香火、说书、拉骆驼、收破烂、玩鸟、行乞之人，都简笔传神。和传统的苏州版画、杨柳青、花纸那类贴几个吉祥字的民俗画迥异，陈的笔端伸入了民间，充溢着时代的悲凉空气，是活生生的人间写照。丰子恺画画的取材，也非常即兴，从一个芥子大的小事切进去，以朝阳下的一滴露珠，反射出时代的浩瀚。

但我看到丰子恺的画，屡屡想到的，却是卡尔·拉松。并不是说他们有什么师承，而是我惯于把他们放在同一个情感抽屉。他和卡尔·拉松的重叠处：一是他们都特别热爱儿童，画作常取材于家庭生活——他们都背负多子家庭的负担，为生计奔走困疲，他们都视孩童清澈的本性为珍宝，把瞬间绽放的天真，作为饮下这浮世苦痛后，一口慰己的甜酒。二是他们都很喜欢用艺术技能美化家庭。卡尔·拉松常常在家里的门楣、窗边画上花草，给椅背弄成木雕，而不是找个装修师来全包。因为，美本是日常，家是给家人住活的，住，不停地增添物质，融入个人的劳动去修饰它。在这个创造性的情感投入中，家才成了活体，那些全包软装的豪华别墅，不会有这样的触温。

丰子恺的女儿回忆，抗战前，家里有个从上海买来的圆形大自鸣钟，挂在墙上，这么一日日看着，感觉图案很是乏味。于是，丰子恺取下钟，用油画颜色把钟面涂成天蓝色，添上几条碧绿柳丝，再在黑纸板剪出一对飞燕，把它们粘在分针和时针上。这样，随着钟的指针走时，钟面上就有一对飞燕在柳间追逐，平添画意。家里的人欣赏不已，拿钟面玩猜时间游戏，连镇上的人都跑来看——丰子恺常画杨柳和燕子，他的外号就叫丰柳燕。柳和燕是随处可见的家常树木禽鸟，他的审美是随笔可见之物。他的天堂就在眼中手上，即使在抗战流离迁徙的途中，以牛棚改造的小屋，他也会收拾得干净整齐。一床一椅，挂上恩师或友人的字画，架上摆着路边摊买来的粗陶直身小酒杯，哪怕怀念着千里之外被炸得遍地废墟的缘缘堂和满抽屉的湖笔，但仍然全力经营出身边小小的避难所。

1937年日军侵华后，丰子恺携带家小十一口逃难，上有年迈岳母，下有初生幼子，入湘，入桂，入赣，逃警报，躲敌机，住过坟场对面，也宿过猪圈旁。一家人分头逃生，连续两年的除夕，都不能相聚，磨折到抗战成功，他靠卖画和变卖家当，才凑足盘缠，山一程水一程地回乡。这段时间的日记里，充满了疲色。唯一可喜的，是沿途买到的民间器什：竹篮、竹碗和竹盒，丰子恺还细细摹写了茅茨土阶屋中的窗纹，那窗纹其实是四个字。中国古代建筑常用篆文做窗棂，但这个是行楷。丰子恺分析着字体，欣然于它的平易灵动，嘉许木工的审美——即使在逃难途中，美，也是他最大的安慰，而这正是艺术的功用。

我常对皮皮说，给你学艺术，不尽是图它求学择业，而是为了让你在痛苦的时候，有个可以慰藉自己的东西——很多人非常现实主义。但是，除了眼睛可见的房子、车子之外，快乐的能力、对世界的好奇心、痛苦中的自救力，其实就是心灵的财富，努力培养它们，就是精神层面上的现实主义。像一些乱世学人，在抗战流亡途中，还要在租来的小院子里插花写字、写茶诗互和，这不是故作风雅，而是他们人格构架的一部分。艺术和文学，就是因为与生活的一体性，才让人内化成生之热情,最后加固了他们的人格力量和承受苦难的韧性。

那本记录辗转逃难的《子恺日记》,是我在哈尔滨买的。朝行暮宿的旅途中,读一本流离日记,这双重的流动感,让我恍如坐在水边看水纹,所有搬家、抢车票、找车船的艰苦,都记忆模糊了,只记得那广西竹匣的别致:它是上下两层竹盒,以竹丝在一侧相连,当地人叫"饭包",就是上工时带的饭盒。我觉得饶有趣味,就记住了,我想,我记住了丰子恺愿意让我记住的,也让他一展愁颜的世间美好之物。"门前溪一发,我作五湖看",聚焦于最微小的明净,让它来彻洗眼目吧。

对他们来说,艺术是可感可慰的,是可以落地生根,枝叶庇护着小小的家居和亲人,与生活打成一片的。看丰子恺的儿孙们写的回忆录,边角零星记忆中都渗透着浓浓的书香。外孙周末归家,外公一见他,就和他畅谈《南歌子》;亲戚聚会,闲来无事,拿古诗词玩字谜和跳棋,游戏里的站点都是用古诗词来做攻略,反正爸爸妈妈、姨妈、舅舅都熟记诗词……所谓书香门第,并不只是房里书多，而是大家都认可学习的价值，就像信仰一致的教徒那种归属感，或是，使用同样汇率的货币在买卖，彼此都不会觉得对方很唐突，既不崇仰也不鄙薄。

古诗词、文学、艺术，在丰子恺的家书里，是混在寄蚊帐、给生活费、谈论亲戚往来……这类家长里短的琐事中的。在他看来，它们是同质的整块布料，剪下来一小块，可能是文，可能是画，也可能是家书。生活带着诗味，文艺又如同呼吸一般平缓自然，它们是一回事。文艺的微浪，扑打着生活，浪高微小到可以被忽略，完全没有高光感、侵略性，文艺就是一件家常小事。

而这，正是文艺的真谛。

战争频繁的年代，左翼作家以笔而战的战斗氛围里，在尚武的暴虐之中，丰子恺是落寞的。他对日常琐事兴味的追求，被当作以闲情逃逸。他和好斗的曹聚仁不一样，他认为即使是战争，仁心仍是最重要的，否则就会变得和敌人一样。战争的最终目的，是为了护生，即护心，护他心，也就护了己心——在日常生活中，我碰到过很多谈禅论道之人，他们沉迷于灵修，时时把佛理挂在嘴边，但翻脸时的尖刻狭隘，常让人瞠目结舌，大概就是因为修习佛心和研究宗教，践行实操和研习理论，是两回事。丰子恺走的是刚健佛法的那路，是以仁心入世。即使在他的书画中，也都是白描陈述，春风化雨润无声，少有尖锐的争锋和倨傲的教训。

缘缘堂，是丰子恺实践审美和艺术理念的物质空间。立在中式窗前，用杨柳枝刷完牙，抽着土耳其烟，看着春来繁桃红，门前垂柳青，夏日的葡萄荫日渐扩大，南瓜也在一寸寸拔节生长，其间点缀着樱桃芭蕉红了又绿，带来岁月感，有冬日的浴日，有夜晚伴读的灯火，有老妻仆佣端来的下酒素菜，有儿女绕膝烤白果的热闹，有深夜赶稿的苦辛。有位朋友送了个立着的黑奴托盘（木制品），他觉得残忍，与缘缘堂主旨不合。缘缘堂像它的主人，是开明、人道、平等的，它简直是它主人的另外一张名片——丰子恺原名丰润，简化字推广时被改名为"仁"，后老师改之为"子恺"，意思就是和乐安静的人。但也像一切天堂一样，在短短四年之后，它被战火毁灭，成为记忆中的桃源梦。

他经历了那代人经历的一切。很多艺术家那时几乎终止创作，比如丰子恺和沈从文，此际他们的家书就成为重要的研究资料。丰子恺的家书，琐细而温暾，在冰冷的环境中和儿子交流诗句、猜字谜，画画给对方看，喝到一口好茶，也要封一袋夹信里寄过去，小儿子来信录集句诗，大儿子看到也来加几句，真是互相取暖的一家人。后他因病获假，摆脱了纠斗，他很欣喜，兀自写他的《往事琐记》，和儿子在信中玩唐诗接龙、嵌字游戏，以佛教徒的随缘之心宽慰自己："切勿诉苦闷，寂寞便是福。"他痛苦的只是因为一直没平反，无法开足马力正常工作，只能让时间从指尖滑走，他这一生都是最勤奋惜时的人："韶光之贱，无过于今日了。"他是最爱学习的人，卧病在床都要翻字典背单词的。

晚年他全力与时光相搏，画完系列册宣扬佛理的《护生画集》。他在佛教中获得了心灵的安放，逐渐明白了无常才是常——彼时他被批斗，即使作为病弱老人，也被抓去劳动，睡在铺稻草的泥土上，雪花透过破屋顶飘到他枕边堆积起来。如此惨境，他仍勉励自我安慰："地当床，天当被，还有一河浜的洗脸水，取之不尽，用之不竭，是造物者之无尽藏也。"有人在公交车上看见胸前挂着"反动学术权威"牌子上车的丰子恺，他抓着车杆，目视前方，并不理会他人的奚落。小儿子结婚那天，他被送到郊区批斗，很晚才冒雨归来，他把怀里陪他批斗的一对小镜子送给新人，并赋诗："月黑灯弥皎，风狂草自香。"……在公交车里望向窗外的老者，是否也是这样对自己说呢？早在三十岁时，他就在李叔同的主持下皈依做了居士，他的法号是"婴行"，像婴儿一样，直视世界，但不被我执所缚，柔软又强大。童心、佛心、婴行，就像中西日的画法一样，都融合在丰子恺的体内，最后演绎成他的作品意境。

和皮皮一起

看的书

我给皮皮找了一些画家的自传和创作手记,比如五味太郎的自传、安野光雅的自传、幾米创作谈,从侧面看看一个画家是如何长成的,也从内到外,反向了解画家的创作心路和每个人的工作方式。

《谁都可以画漫画》,手冢治虫。我买这本不是为了学画画,纯粹是因为自己是个用文字与世界联系的人,热衷于分析言辞,属于被言辞喂哺的人。所以,对以视觉认知和理解世界的人,我感到很好奇。书里的视角让我觉得新鲜,相对于以语言表达来获取信息的文字工作者,画家更擅长捕捉人的形貌特征,有人是眼距,有人是胡子，另外"脖颈是非常有个性的部位"、发际线也很性感。他自由的创造力也让人莞尔。

　　写手冢治虫的那本《手冢老师，截稿日要过了！》，也很有趣。和最近重版的那本回忆桑塔格的小书一样，都是小切口却信息丰饶的作品。听从业人士介绍，才知道漫画和电影一样，是集体工作的，大师手上有好几个连载，各路编辑像捕捉猎物一样，追踪、环伺在周围，有的干脆租个房子住在画家隔壁，等着他交稿。这样的工作压力，一个人当然应付不过来，所以大师负责创意，画好主线，众多助手填色、描轮廓，处理细节和后续精修。手冢老师爱用的笔也列出配画了！这部分内幕很有趣，和一些恭敬拘礼的日本作者不同，作者像是写作时拉松了领带喝啤酒，有种松弛的幽默感。有个热爱漫画的青年 M 君，执意要留在工作室，但他家是世袭和尚，这时老家的庙被火烧了，家乡的施主代表通知他："如果你不打算继续当住持，那我们就不重建了。"年轻的画室助手们都说："寺庙啥的随便就好了。"文艺青年追求艺术的热血、不入世的单纯，正是青春的体温啊。

《托芙·扬松》，保罗·格拉维特。这是一个介绍插画艺术家的书系，之前我很喜欢的一本小传，写的是画米菲的布鲁纳。米菲的形象，原来是用"剪刀构图法"做出来的。还有一本是画现代版包法利夫人的西芒德斯。西芒德斯热爱读书，总在公交车上偷偷记下别人的对话，画画对她来说是用画面来写作。我感兴趣的部分，是她作为插画师的工作细节，处理字体、版式、幅宽、推动情节的技巧，以及在媒体功能和材料技术都剧变的时代中的适应性。还有一本是克兰——新艺术运动中最为人熟知的是伯恩·琼斯和威廉·莫里斯，以及穆夏。这位画插画的克兰，我还真没太在意，书中有趣的部分是：维多利亚时代童书的发展，由木刻制版到照相制版，套色印刷的精进，以及新艺术活动的装饰图案在童书中的运用，儿童教育心理学对童书风格的影响。

现在，这个插画艺术家系列把扬松也出了。（这版传记图片资料多，另外还有一个文字较翔实的扬松传，是卡尔亚莱宁写的）书中有一些图片资料和私房照。我很喜欢一张她倚在床上看书的照片。她的形象一直很吸引我,她长得很有识别度,像浓咖。对了,我专门为她的脸写过一篇文章。

《伦敦小孩:E.H.谢泼德自传》。维多利亚时期插画家的资料,近年来零星有引进,如波特小姐、路易斯·韦恩等等。但这本书与其说是插画家的成长史,莫若说是一本维多利亚时代的风物长卷,从一个小孩的视角看旧时伦敦:双层公共马车上的出行、保姆和她的温暖厨房、饭后故事、扫烟囱的人、点煤气灯的人、男女生分开的美院……回忆把那辽远又陌生的时代一一道出,书中的基调是明亮快乐的,虽然夹杂着母亲去世、哥哥阵亡这样的悲音,但他把黑暗留下,将温暖带给我们。

《故事的开始》《故事团团转》,幾米。皮皮小时候在我的书架上翻到幾米的绘本,之后就很喜欢。她耽溺于他梦游般的色彩梦境。话说我年轻时也喜欢他,幾米算是最早进入中国市场的绘本作者,给我全是文字书的阅读视界里,打开了一面通往异境的窗户。皮皮最喜欢《地下铁》,她说她熟悉那种茫然和孤独感。这次我给她买了《故事的开始》和《故事团团转》。在这两本书里，幾米从创作者的角度出发，谈了绘本构思的发源、剪接画面，以及组织故事的方式，除了创作心得，还有一些短短的访谈、推介之类，他的对话者里，居然还有河合隼雄。我给皮皮买过河合隼雄的童年回忆录《爱哭鬼小隼》。小隼不像哥哥们那么勇敢，当他哭的时候，妈妈就会对他说："小男孩也可以哭的啊。"我觉得这个妈妈非常了不起，帮助孩子接纳真实的自我，没有剥夺他流露脆弱的权利，自我完整浑然的人，内心力量是通畅充沛的。爱哭的小隼长大以后，可是非常敢发表异见，我从来没见过从他那种角度去读解《源氏物语》的。

《说说图画》，佩里·诺德曼。很好的一本讲解童书绘本的理论书，但我觉得更接近传播学和符号学范畴，就是从各个领域去阐述如何表述和理解视觉信息，包括如何安排视觉信息出场、视觉重量造成的冲击力，对色彩、边框的使用、图文如何互动，都有很细致的研究。层层推进，是肌理感上佳的理论书。

《春天终将来临》，大卫·霍克尼。书里有美丽的乡村生活，须臾变化的天空与云，满满一个窗外的海，有论艺的智慧，有内存不断更新的创作进程，还有他本人：老而弥新的艺术顽童。他不停地谈论他最近在用iPad画画，全球各处飞，举办3D画展，他悉心研究维米尔等画家的透镜技术，为此著书，他每天早晨五六点就起床了，用iPad画下清晨的第一缕阳光，然后继续辛苦地工作，如果到了出稿期，他都不再会客。年轻时，他的床头贴着一张纸，上面写着"立即起床工作"，因为画这张告示花了他两个小时，画完之后他立即投入新的工作，把进度再拉上去。现在他已经八十多岁了，他说他觉得时间更加紧迫，更要抓紧工作了。

他游走世界各地，赏析美景，用画下清晨的第一缕阳光开启自己的一天，在绘画实践中玩着各种让传统技法革新的魔术，他的艺术和生活是融于一体的。皮皮喜欢他明朗的色调，网上有他的画展，我找给皮皮看，那些用iPad画出来的画，都用投影做成了整幅墙面的大小，观者不是看见风景，而是身处风景之中的，画面扑面俯冲而来，事实上，我们已经进入了画家的脑海去游赏。画家居然和小说家一样，在不断地分析改造他的入目所见，再重新组织呈现出来。看他的书，让我感觉：手上捧着一个盛大的春天。

《西蒙·波娃回忆录》。波娃的回忆录比小说好看多了，尤其是第一卷《回忆少女时代》。我热烈地推荐给皮皮，让她看看波娃纤细入微的成长印痕，这套书是我上中学时，在湖南路新华书店购买的，少年时代漫长的暑假，看得不忍释卷。多年后，我临产时，住在中大医院，离书店很近，挺着肚子去逛了一圈，买了一本内米洛夫斯基的小说。皮皮出生后很久，忙于育儿，有几年的活动半径都不超过两公里，再有空去逛街时，发现夜市没了，这个书店也搬了。它旁观了我从少女的悠闲时光到初为人母、自我被架空的艰辛崩溃。看完波娃回忆录以后，可以配着读下波娃的小说《形影不离》，书里主人公的原型，就是回忆录里的扎扎，这个被旧时社会摧毁的早逝少女，对波娃影响至深。在她死后，波娃拔脚飞奔，奔向女性的自主生活，对于波娃的内心成长，她有催化作用。已经一个世纪过去了，女性看似已有工作与择偶的自由，但很多桎梏犹在，挣脱禁忌，不再被内耗到力竭，还是一个待解的课题。如何去推动它，让它再向前一步，这是需要我们思考的。

《黑子日记》，泽野公。小巧趁手的书，半文半画，是对一条小狗平实的记录。像很多日式散文一样，是以四季为线索来循序记述的，日本人的季候本能是很强烈的。记录的是什么呢？黑子爱咬拖鞋，总是把玄关弄得乱七八糟。它最爱散步，拿头拱落叶，爱吃夏橘和香蕉，还喝过几口酒鬼主人的啤酒。黑子不思上进，听着主人给它提升修养的古典音乐就睡着了……就在这四季流动之中，儿子成为职人，女儿生了双胞胎，因为城市楼盘盖得越来越多，野地越来越少，狗的散步区域也越来越小，不过没关系，因为人狗俱老，也走不动长路了。时间在不经意间缓逝着。

或许有读者觉得这本书寡淡无聊，但这恰恰就是它的妙处所在。人和狗，在漫长的朝夕陪伴中，彼此深深浸入对方的生活底色，因为融得深，没有戏剧性，反而会显平淡。就好像人人都能道出一次艳遇的惊心细节，浓稠刺激的对话，却没有人能描摹出柴米婚姻的形状，说不出，只缘身在此山中——黑子不是可审视的客体风景，而是我们本来就身处其中的生活。

书的内页是上下两部分排版的，我把下半部分的文字忽略，把它当无字图画书又读了一遍，排除文字干扰之后，突然获取了完整的视觉景观，就是黑子在山野花草中自由快乐地生活着。书里有一页画着葡萄藤，又有好几页的插图是花的特写，而与之相对的页面都没写花。后记里写到，黑子的骨灰埋葬在攀缘着葡萄藤的墙根下，旁边还种了山茱萸，"当白色的山茱萸开花的时候，我就会想起与那个纯黑团子在一起的时光"。视觉伏笔和文字在这一刻接头了，像是某种感情找到了证据，我心里莫名踏实了一点。

《黎明》，阿部弘士。猎人爷爷带着孙子在山里过夜，迎来了黎明的故事。阿部弘士就是写《动物园的生死告白》的那个人，他对动物的情感认知，在爷爷给孙子讲的老虎和野猪的故事里都流露了出来。画风从深秋山野里的浓墨重彩到起雾黎明的淡泊，像是从乌苏里莽林奔驰到宋人的山水画。

《我的辽阔天地》，卡特琳·默里斯。好看极了。一个小姑娘的乡村童年，主题很常见，也是法国漫画那种幽默欢快风，乃至高卢大鼻子这类惯见形象，但手法新鲜，不是回归田园的书惯用的那种植物图鉴式的唯美画风，而是生动至极的形象。无论是高鼻子的一家人、和人对眼的羊、吓到心肌梗死的鸡，还是奸笑的猫，运镜和叙事非常聪明，那么多的信息球，上下抛得像耍杂技一样轻松流畅。

《美丽的小鸟》，苏珊娜·德尔·瑞佐。以儿童的视角反观战争中的流离，他们常常有与之相伴的动物，这书里是鸟……让人感慨的是：如今绘本的视觉呈现之多元。这本书是用橡皮泥和黏土捏制品来陈述故事的。沙漠和天空，至浊重和至轻清之两极，还有人，鸟，不同的质感层次，都捏出来了。二维绘本硬是有了三维的冲击力，堪称纸上VR。

《狐狸》，玛格丽特·威尔德。我和皮皮研究了很久，关于这本书的笔触处理。它壁画般的画风让人印象深刻。狐狸是生命对飞行的渴望，蹈险的骚动。清凉的洞穴和烧焦的沙漠，代表着安全着陆，所以，受伤的喜鹊既需要狗带来的呵护，又被未知的险境诱惑。得到了蹈险的美，也付出代价。小朋友们能明白诱惑的代价吗？

《当尘埃落尽》，是一个加拿大漫画家的作品。图片密度非常舒适，大概就是比图像小说低，又高于绘本，不太乐于大规模读图的本人，也能接受……大家都知道文学书的情节衔接，要流畅伶俐，其实漫画书的视觉叙述也要求简约又点睛。从一大家、老老小小的喧闹欢聚，写（画）到老人安详死去……这是个被反复咀嚼的母题，伟大如《红楼梦》，其实也不过说繁华落尽后，生命的凋零和孤独。这书有属于它的"小温"，那些打工仔用完最后一分钱，只能自己刷墙的快乐（住新房了！）。

一大拨儿孙，挤在地下室里，吵闹不堪，最后大人只好一起吃安眠药。父亲临终，三个陪护的女儿溜出病房抽烟哈哈大笑，即使在最悲伤的时刻，心也有它的弹性。生命啊，原来全镌刻于此小隙。

《风筝史话》，美术社的书，里面夹着很多风筝图。我们都赞叹不已。书本身就是艺术品：宣纸印就，古籍式线装，中间夹着很多印制精美的风筝图，我直接镶框做画芯了。这书唤醒了我们对纸书的记忆：书，不仅是信息的载体，它本身还自带形式美感。

《岸边的雅比》，梨木香步。她写的很多东西，都带着泛神论的奇幻感，之前和皮皮一起看过她写的西女巫，也看了同名电影。和扬松及林格伦一样，梨木香步很会写水，她的很多故事都发生在水边，她还写过一本关于划船的书，在她那里，水似乎是通灵之物。我把那些描绘植物和水景的段落来回诵读。

《熊在吗》，写南京红山动物园的书。真可爱呀，饲养员和游客合写的熊行为记录本——红山的熊馆外挂着记录本，路过游客都可以记下熊此刻的行为，还有游客即兴画的简笔画，大家都兴致勃勃的。想起我家小朋友刚出生时给她写的记录，也是大便颜色、睡觉、睡觉、睡觉、还在睡觉、这顿少吃了两格子奶，巴拉巴拉……有个游客写："没看到熊，看到记录本也很高兴"——红山以动物为本，山林遮蔽物多，园方认为动物有不现身的权利。我和皮皮去时，也会找不到动物，但知道它们自在悠游地生活也很好。前阵子才和皮皮去过红山，看到了熊猫九九在啃竹子，平平完全无视如潮游人在睡觉，大熊不怕人地把脸凑到玻璃上，猴子会踩在水中竹片上，用爪子划水，金刚鹦鹉不停地在磨鸟喙。皮皮爱鸟，盛赞丹顶鹤体态优雅，我们都觉得犀鸟长得很喜感。

《柳林风声》（诺顿注释本）。作为一个柳林粉，高高兴兴地看完了，很解惑。四个主角本身都有所指代，闲居寡言的绅士獾是作者本人，蟾蜍的易激性格来自作者儿子，与蟾蜍同属上层阶级的河鼠，使用语法精致的精英英语，也引荐了平民鼹鼠进入上流阶层。当时水利和汽车的工业社会发展，这种时代印记在书里其实隐隐体现了（蟾蜍追求的车和河鼠热爱的划船），而作者身居闹市渴望田园的心被獾先生在野外的家道破了……这本书里暗藏的机关被一一破解。

《京极夏彦妖怪故事集》，我看文章，皮皮看画。我憋出尖细的声音读给皮皮听："请问你是谁？""我是妖怪。""你怎么一点都不可怕？""很抱歉。"……然后我们一起哈哈哈哈。日本的妖怪文化太发达了，形形色色，可巫可鬼可精灵。在当代小说里也常常可以看到那些通灵半仙的植物精、动物精，比如梨木香步，连相对西化的村上大叔笔下也有品川猴。这套书里的猫、植物、氛围画得都精细入微、生动可感。还有些妖怪是中国妖怪的远亲，比如我们土产的狐狸精就远销东洋了。另外，可以与《日本的妖怪》同读。

《成为家中一员的麻雀小珠》《小狐狸海伦留下的……》，竹田津实。我和皮皮都爱看的书。作者是兽医竹田津实。第一本书里，写了照顾动物（不是宠物，很多是残疾的弃养动物）的细心和耐心。一人一鸟，趴在饭桌上，每人（鸟）嘴巴里拖下一根面条的场景温馨又诙谐。后一本略悲伤，是一只没有听觉、嗅觉、视觉的狐狸，短短狐生中唯一一晃而过的快乐是被兽医妻子抱在怀里，它恍惚以为回到了妈妈身边。这样残破不堪的生命，兽医夫妻几乎创造神迹一样，给了它瞬间的快乐。为什么动物饲养员（阿部弘士）和兽医写的书都那么好看？大概是因为他们都有细心慧心，要理解语言不通的小动物，呵护它们的身心，在这个过程中一定能悟到很多吧。又没有职业写作者过度抒发描摹的技术惯性，更加朴素质实。

《隧道的森林》，角野荣子。皮皮喜欢她的《魔女宅急便》。那一代的日本作家，作品里都隐隐有时代留痕：佐野洋子、寿岳章子、野上照代……这本是从一个孩子的角度来谈在战争中经历的痛苦。像大多数这类作品中的成功之作一样，始终忠于一个孩子的稚嫩视角，但用攒下来的破布为她做娃娃的奶奶被炸死了，饿极了的小孩只能吮下冰糖渣这类情节，太让人难过了。

《不确定宣言：帕雅克之伤》，费德里克·帕雅克回忆录。他是法国人，以中国墨作画，他的画面如子弹般击中我，人物的表情上覆盖着阴影，那是对岁月深渊的哲学化凝视。往昔时光被记忆重新选择，粗粝的字句带着铁锈味从时间深处走来——近年来图像小说频见于市面，但这本是重金属味道的散文，陡峭的断章构成一个个险峻的山头。我最近一直在删改文稿，来来回回地写了删，删了写，文档不断地长肉又掉肉。我准备给皮皮读两句帕雅克，顺便总结下近日的生活："我积攒着句子与素描""书每天都在死去"。

《一篮云杉球果》，帕乌斯托夫斯基。俄罗斯广袤的国土，丰富的地质形态和肥沃的文学土壤，注定它会出产优质的自然文学作品，又比如：艾特玛托夫、谢尔古年科夫和普里什文。当然，在俄罗斯小说中，我们总能看到无数描述森林和草原的优美章节。此书出色的景物描写，在大自然中安放的灵魂，给现代人焦灼的心灵注入一股清泉。每年秋天，我都想给皮皮重读《黄光》，"秋天里，我常常聚精会神地观察飘落的树叶，一心想捉住叶子脱离树枝、开始坠落地面时那个不易察觉的一刹那。可惜长期没能如愿。我在一些老书中看过，说树叶落下来如何有声，可是我从来没听到过这种声音"。后来作者终于看到一片红叶，听到它是"像幼儿的耳语一样落下"。秋天是声音丰富的季节，秋给心理上带来的凉意，有部分是通过秋声实现的。雨滴梧桐、越来越疏的蝉声从我们的耳畔、心上流过，但正如作者所说："听惯了城市街道的嘈杂声，耳朵变迟钝了。需要时间，让听觉休息一下，再去捕捉秋天大地上纯正而精微的声音。"

读高村光太郎，读到《深夜的雪》，"你是我新奇的无尽宝藏，是拂去所有枝叶的百分百现实"——我忍不住想读给皮皮听，因为她"是我新奇的无尽宝藏"，也是"拂去所有枝叶的百分百现实"……百分百现实，包括但不限于：磨磨蹭蹭地刷牙，不是丢了外套就是忘了作业本，贪吃甜食，吃坏了一片下牙，去医院若干次，请假、预约、排队，平均每颗牙要花两三千块，长痘长得我试用了十三种药膏，俨然已晋级"战痘专家"。做母亲，简直是罄竹难书的麻烦，但是，谁又能比我的皮皮更配得上"宝藏"这个词呢？

《钨舅舅》，奥利弗·萨克斯的少年回忆。我个人觉得，比萨克斯医生的另外一本传记《说故事的人》要更好看。少年萨克斯的理想，居然是一个化学家，但是注意，他所说的化学是十九世纪的化学，也就是化学家有大量的声色活跃的实验室操作的那种，不是量子世纪的抽象化化学。正因为现代化学的发展，他最后改为投身神经学科，他热爱的是科学与人文并重。

他研究神经学，和他小时候想做化学家，长大后飙车，是同一件事，就是对人类心智的好奇，一次次对人类精神困境的探知，对罕见病例突破以往理解的认知开拓。他笔下从来都是一个个"人"，而不是神经学科的病例数据。他赋予了神经学以人文气息。他是个医生，却有一颗小说家的心，他更愿意将这些抑郁症、躁郁症、阿尔茨海默病、阿斯伯格综合征等患者视为心智奇特的人，不是志异，而是去平视和记录他们的身心痛苦与绮丽的小火花。忽然想到：创立森田疗法的森田本身就是神经症患者，河合隼雄自传叫《爱哭鬼小隼》，萨克斯小时候过度敏感、喜欢幻想，最后他们都终身致力于研究人类的精神状态。迫不及待想推荐给某皮皮。

《我也有过小时候》，任溶溶回忆录。1923年出生的儿童作家忆儿时，风趣活泼，看旧上海、老广州乃至有声电影、中式私塾到西式学校的教育发展史，旧时风物这块，真真让人长见识。

《好小子》《独闯天下》，罗尔德·达尔回忆录。这是皮皮喜欢的达尔叔叔。皮皮爱看他写的《了不起的狐狸爸爸》和《女巫》，还有《查理和巧克力工厂》。所以我买了达尔的两本回忆录给她看。第一本写的是他小时候的事，我们小心地查找着线索，与他日后的作品印证。达尔上中学时，有家巧克力工厂给学校寄了一些供孩子试吃的巧克力，达尔也想自己发明一种巧克力，后来他写了《查理和巧克力工厂》。还有《女巫》，是来自他小时候的一个恶作剧，《好小子》里写到他曾悄悄地把一只死耗子塞到他讨厌的老板娘的瓶子里——这些破案般的溯源，像侦探一样寻找作家的写作源头，我们觉得很有趣。

达尔上的也是公学，我们都在奥威尔的书里见过英国公学的某些恶习，达尔遭遇了类似的情况，比如被学长虐待欺负。但因为达尔的幽默达观，观感迥异。有一次，学长不愿意在冬天坐冰冷的马桶，就强迫学弟们给他用屁股焐热，这种事无聊且屈辱但无法抗拒。达尔被喝令走入没有暖气的厕所，用手绢擦掉座圈上的霜，把冰化掉，学长接着坐上马桶，他对达尔的屁股很满意："有些小听差是冷屁股，我只要热屁股听差热我的马桶。"从此，达尔成为学长御用的人形马桶垫加热器，为了打发时间，他只能看书。他正是在马桶上看完了《狄更斯全集》——这本是霸凌兼苦差事，但经他一说，简直让我们发笑，此人的性格可见一斑。

第二本书中，达尔回忆了他的战斗机飞行员生涯。1939年，二十三岁的达尔在壳牌石油公司驻非洲的分公司工作。在收音机里，达尔听到英国对德宣战的消息，他立刻辞去工作，开着小汽车，穿过非洲草原，奔赴位于乌干达的英国皇家空军总部，报名参军。第二年他被派往希腊战场，当时在那里的德军拥有五百架战斗机，外加五百架轰炸机。而英国皇家空军呢，他们有十五架战斗机，再加四架轰炸机。飞行员的数量当然也是悬殊。所有的飞行员都是超负荷运作，我看了下达尔的作战记录，在4月9号到12号之间，他共计起飞十二次。每次就是上天打完了，着陆，飞行员稍作休息，机械师赶紧小跑着过去，把机身弹孔填好、变形钢板敲平、装油、补充弹药，接着再起飞，继续打，异常辛苦。因为敌机数量占压倒性优势，很容易被围歼，每次起飞，都有回不来的飞行员，到英军撤出希腊的时候，已经没有几个活下来的飞行员了。达尔的妈妈是个寡妇，达尔是她的独子，达尔妈妈每次看到邮递员送来的淡黄色信封，都不敢打开，等达尔妹妹回家来拆，她生怕那是阵亡通知。有一次上面写着"亲爱的夫人，我们遗憾地通知您，您儿子受了伤"，母女赶紧拿出珍藏的好酒庆祝，太好了，总算没死啊。

多么勇敢自由的人生啊，这才是热血青春！

《东京塔》，利利·弗兰克。我与这书算是再见钟情。第一次手气欠佳，信手打开一读，正读到男主角没钱交房租，断水后连马桶都没法冲，当时他穷得没饭吃，只能吃变质食物，朋友吃得腹泻，接着是他。他就把大便拉在朋友的排泄物上，这场景让我一阵生理性恶心，就没看下去。昨天整理书架，随手翻了几页，感觉非常好。日本的小镇青年，在爸爸缺席的家庭里，四处租房流离长大，却没有贫弱的感伤。因为妈妈虽然贫穷却乐观通达，她会给儿子买摩托车，供他上美术大学，给儿子的朋友们做热饭热菜，她的心灵很富足。荒蛮成长的少年时代，放荡青春的迷茫自弃，母子相依的微温，质感都写出来了。

我和皮皮说起这书。我说这书就是那个男演员写的，《小偷家族》里演爸爸的那个，我们一起去看的那场电影，你还记得吗？原来他是武藏野美术大学的，这个学校最著名的校友是无印良品的艺术总监原研哉和动画界大腕宫崎骏，但是在我心中，它最厉害的校友是我女神佐野洋子。佐野洋子也曾在她的书《我就要自由》里写过她在美术大学落魄不羁的青年时代，下次我找来，你和这书里写的美术生活对比看看。

　　他们相隔了二十多年，某些叛逆放浪的东西倒是没变。佐野洋子上美术大学时，日本经济刚刚起飞，武藏野美术大学连校园都不存在，就是一幢三层的破楼，有的男生用麻绳系紧裤子就来上学了。家境赤贫的佐野洋子，穿着睡裙做课题，在学校小卖部打零工，一个小时可以赚一块面包和三十日元。上课时，有学生交头接耳，别的同学上来就把他臭揍了一顿，老师愣了一下，继续讲解作业，就是在这种吵乱的陋室之中，"大家都学得很认真……评讲那天，学生们一个个摆好自己的作品，各个都怀着由衷的紧张、惊叹和期待。不等老师讲评，我们就都明白了，何谓个性，创造的惊奇。我体会到了沉睡的才能渐渐绽放的恐惧……那种贫穷，是何等幸福的贫穷"。"恐惧"这个词用得真好，是一个人被擦亮的自我惊到了。她甚至不认得那个日日更新的自我，就像我们隔一阵子没看见的小孩，发育太快已经认不出来了，这现象，常常发生在青年时代。佐野洋子之所以是佐野洋子，就是因为，她的下文续接踩点，永远出人意料，让读者过于顺滑的阅读体验不断被打破重置。

令人吃惊的是，我在《东京塔》里看到类似的句子，作者在描绘他小时候待过的矿区小镇时说："反正没有谁没饭吃，所以只要有足够的东西就不会觉得贫穷，可是要在东京，只有生活必需品的人会被认为是贫困者……只有拥有过剩财产的人才能成为富裕的人。"接着他引用了《奥赛罗》里的话："贫穷却懂得满足的人是富人，而且是非常富有的富人。很有钱，却总是担心变贫穷的人才是真正贫穷的人。"……这二位都能识别心灵的富裕。

《父女对话》，陈冠学。作者带了女儿住在乡下老家，这里没有网络、游戏、超市甚至很多人类，小朋友只有老父亲和天、地、鸟、兽、鱼、虫……有灵万物，他们住在生命的两端，彼此相通又陌生。与生俱来尚与天地相连的儿童灵性尚未退除的女儿，缕缕发出各种问题，老父亲撇除毕生尘埃，以澄明之心来回答"雨在说什么？""它们说它们从很远的地方来""日光最喜欢下地，不过云不让它下来""爸爸，我很喜欢草，因为草是永远不会离开的好朋友"。

《虔十公园林》，宫泽贤治著，伊藤亘配图。我们吃惊的是绘本的绘制风格——每个绘本作者都会受原职业的影响，比如幾米就有点广告风；波特小姐长期研究菌类，有科学爱好者的精确度；霍夫曼画铜版画出身，有时铺陈装饰性细节时，也能看出痕迹；佐野洋子是学版画的，笔触粗犷。这位是设计广告招牌的，画风有点像传统店面的招牌，书中大量的纸雕使用，使画面格外深刻，简直是凝固的历史。

《大山的礼物》，原田泰治。依旧是原乡情结。一个小朋友的回乡之旅：小村庄的风物、神社的祭典、地炉边的欢饮。最喜欢健治枕边放着树叶面具、芒草小马、橡果陀螺和堂兄做的酸浆果人偶，缓缓睡去的场景。山里奶奶的家，会成为他一生的幸福记忆库吧。

《梵高手稿》，是梵高的书信集。一个人在追求精神的极境中迅速燃烧，他的专注度让我们吃惊。这书也拨正了我们的一些成见，他不仅是天才，事实上，他对自己的艺术训练是有规划的，也是一步一步进阶的，他是火热，但并不盲目。另外，梵高本人也热爱读书，有本《我为书狂》，专门介绍他的阅读史。即使是视觉艺术家，对人世理解的深度和综合人文素养，也会影响到他画画的笔力——有几位画家都热爱阅读且口才甚佳，比如霍克尼、培根、弗洛伊德。等皮皮有空了，我想给她看看他们的访谈录。

《谈美》，朱光潜。读书有何用？当然是"无用之用"。每每看到一些新闻，都使我感到当前社会人文素养的匮乏，不知要"以无为之心做有为之事"。向下，做事要踏实；向上，要有超越功利性的世界观。否则，一旦接近权力名利，这个人对金钱权力的认知和使用，也是在最肤浅的层面上，他就很容易被欲望反噬，害人害己。

同时，这样一个时代，也更需要美育，因为它不仅是美学欣赏的范畴，更是健康去燥的世界观。我们应该降一降燥热，悬浮在功利之外，以免被焦虑的时代巨轮卷入碾压。我给皮皮看的是朱光潜的《谈美》，美学书中，这本简明清晰，直指要义，应该很适合中学生。

有的时候，我和皮皮是一起切磋的同学。比如：

晚间我们都在看书，皮皮正在背历史，她刚学到唐代税制。我说这个你得好好学，人文学科、数理逻辑都是必备的学识和思维训练，哪怕你将来学美术史、工美设计，也要有这个底子。它们是完整相连的体系。我这几天正好在读唐代丝绸图样，它的发展就是与税法相关的，盛唐时期使用的是什么税制？皮皮说是租庸调制，我说对，其中的"庸"是什么？皮皮继续背："就是每户二十天劳役"，我说："这个劳役可以用丝绸来抵的，就是'纳绢代役'，丝绸当时是奢侈品，几乎等同于硬通货流通，它直接进入了经济体系，贸易使丝绸业迅速发展，织物也日趋华美了……所以，工美风潮也是与税制隐秘相关的。就好像妈妈读的建筑史，书的开篇，都是从政治、经济、文化、军事背景来启动，这些对它都是有影响的。总之，不管走哪个专业方向，必须要有广泛坚实的知识体系，才能游漾其中。历史是一定要好好学的。"

专业方面，她正在学线描，而我在看《万物有文》，一本解读纹样设计原理的书。我们也展开了讨论。纹样图案发展史，通常都写得比较抽象，主要是从理论层面论述社会和美学思潮对纹样的影响，但我一直好奇的是具体实操这块：眼中的鲜活之物，比如花朵、藤蔓、枝叶，如何能被提炼成抽象的装饰图案，并落在实处，大量生产成花窗、墙布、首饰、地毯、栅栏、家具、书籍装帧等等。本书解惑如下：首先要理解植物解剖学，做大量的实物写生，透彻掌握花叶构造，归纳提炼出它们简洁的形态，并懂得梭织、锡焊、铁艺、铸模、金银器加工、细木镶嵌、印刷等具体工艺的技法，这样才能将图样付诸实施。（我今天才理解了威廉·莫里斯种花和常玉家有丝绸厂的必要性了）另外，书里谈到的花窗焊接、挖梭、棒槌蕾丝，我们都是找视频看实操的。

五月，继穆夏之后，另外一位新艺术运动大师威廉·莫里斯也要到南京开展了。皮皮一直对装饰纹样感兴趣，我想着能不能挤点时间和她一起去看。莫里斯最著名的纹样"草莓小偷"，它的雕版也被展出了，我想近看一下。

安 堵 之 爱

一

井上靖的《初始》，是他对少时往事的回溯，也是我最爱的童年回忆录之一。有一些段落，近乎风土志。像《季节》《风暴》里关于物候和四季生活的那几章，读给皮皮听，觉得自己的声音都是优美的，像春日紫藤初开或夏来落了雨的绣球花，那样如玉般琳琅发光的美。

井上靖这本回忆录，其清澈见底、清新洁净的文字质地，让我想起了原田泰治的画。如果说原田泰治的画是一本视觉版风物诗集，那井上靖这本就是文字版的——日本人非常重视"风土"和"季候感"这样的概念。所谓"风物诗"就是："对某一季节特有的现象、文化、韵味、动植物或商品的称呼，它们是思绪的催化剂，能让人睹物思情，联想起特定的时光。"

但风土只是背景，能让记忆变成活水的，是人情。井上靖少时被父母寄养在老家，这个照顾他的佳乃老奶奶，其实是井上靖曾外祖父的小妾。作为家庭秩序的破坏者，佳乃老奶奶是被孤立的。于是，在曾外祖父去世后，她就把全部的爱转移到这个孙子身上。而这个神经过度敏感、让人手足无措的孙子，和自己的父母疏离冷淡，倒是对佳乃奶奶全心依赖。

在井上靖的童年回忆中，每到黄昏，他和奶奶吃完饭，奶奶手持蜡烛，他紧随其后，两个人关上土仓大门，躺在静静的黑暗中。有时半夜起来尿尿，奶奶守在一旁，井上靖会在如厕时听虫鸣，有时去抓几下萤火虫，然后回到和奶奶厮守的甜蜜空间里，安然睡去。等醒来时，奶奶已经打开了防雨窗，清晨的光线和空气流入了室内。那在深深静谧宁静中的温柔醒转，让中年执笔写回忆录的井上靖，怀想不置……井上靖细细讲述着小便时，感触到的冬夜狂风、夏日虫鸣——确实只有小孩才会在小便时还有兴味去观物。

二

此书之美,就是对如此微观情绪起伏的敏感度,以文本析出情感纤维的能力,那种森秀幽微的感发力。而这美,又成于精细的文字质感。我忍不住把那些词放在手心摩挲。

比如,写夏日,他用"蛙鼓"而不是"蛙鸣""蛙噪"来形容群蛙如鼓点般密集低哑的叫声,一下就唤醒了盛夏沸响的蛙池。

又比如"晓闇"。我认得"闇"字,是因为有个花鸟画家叫这个名字,于非闇。他还写过中国画颜料的研究书籍,薄薄一册小书,谈着中国画颜料的制作和画面设色,而我始终惊艳于"闇"字的字形美丽。"晓闇"这个词,说的是凌晨时分天将明未明。在儿时,飓风袭来的"晓闇"，少年井上靖被人背着走在路上，路上都是风吹断的残枝和坑洞，小学时的修学旅行，也是这个时分，他和小同学们聚合在操场上，准备步向未知的旅程。所以，他才对这个时间段留下了异于常日的梦境感。因为是小孩，底色是朝向未来的、明亮的，如果是成年人，在日夜交替的地带失眠，多半是"思往事，易成伤"，积聚成内心的潮湿低洼处吧。

又有"薄暮"。"不管什么季节，薄暮降临田野的时刻，即使再小的孩子，难免都会有一种寂寥之感。""薄暮降临"，让人如眼见夜色徐徐拍翅降落，有寂寥四合的动态感。就像古人写的"苍然暮色，自远而至"。在书里，井上靖笔下的黄昏就像个追赶小孩的食人兽，一个小朋友突然感觉到黄昏来了，拔腿就往家跑，其他人也跟着跑，"黄昏的孤寂和恐惧向四下掩来"——我读到这段时非常惊讶，我从小就这样，在黄昏时能明显感觉到情绪的下滑，后来才知道有个心理学术语叫"黄昏恐惧症"。中国自古就有"暝色起愁"的传统，如"日之夕矣，牛羊下来；君子于役，如之何勿思"。秦观的词里，也会用"昏暝""烟暝"这样的字眼,暮色如烟笼罩,引发一种茫茫无依的低落,他素来心思细。

还有"安堵"这个词,在这本书里使用了很多次。这个词在日语中是安心的意思(在中文里,是安居)。"堵"字本身就有种生动的四壁包裹带来的小空间里的安心感。

三

和佳乃奶奶共同度过的桃源生活是怎样的呢?一月的天,冷冽异常,缸里的水结成微蓝的冰,小孩子听到捣麻糍的声音,就知道要过年了,兴奋地冲到那家去围观。新年前小孩子成群结队去上门收草绳,在田野上烧掉作为祈福,然后,接过作为酬谢的团子。夏天漫长的午睡,北窗下,是连绵的稻田,蛙鸣不止,秋天听着窗外的野风渐渐强劲,秋虫鼓腮齐奏。佳乃奶奶无微不至地照顾着井上靖,夏天给他穿肚兜,冬天再缝块丝棉放他背上,帮他保暖。

每年九月，季风带来了暴雨，村子里，家家户户都天天出来观云，连最懒惰的村民也忙着敲牢防雨板的钉子，给大树支上支架，而井上靖的佳乃奶奶，就连忙做好了饭团，作为灾期食物。等大雨倾盆而至，奶奶和孙子，两个人就躲在屋里，听着暴雨冲淡了人声。遥遥的不可辨的雨声、人声、风声中，少年井上靖，像野餐一样兴奋地吃着准备好的饭团。雨停了，榻榻米渐渐干了，祖孙俩搬回去睡觉，小朋友在满足的"安堵"之感中睡去。

书的动人之处，不仅仅是回忆一个已逝的美好农业社会，更是：一个少年和另外一个被群体摒弃的老人，相依为伴。这书的甜蜜和哀愁，完全不是孙子回忆奶奶的味道，两个孤独的人，在一个与世隔绝的洞穴／山居小屋／土仓里，享受着安堵之爱。

少年时的井上靖，有时也会生病，这时，奶奶会给他炖鸡汤。其余时间，他就静静地躺在二楼的床上，安心地听着远处水车的转动声，眼角的余光看着被四面窗框框起的田园风景,安心地让无所事事、百无聊赖的病中时光从身上淌过。中年时的井上靖在医院养病,回忆起自己的童年病中时光,无限感念,对女儿抱怨城市再也没有风车声,只有汽车的嘈杂。女儿非常精准地补充说:"也没有佳乃奶奶了。"

孩童时期的生活,是一生的精神原乡。井上靖在成年之后,一直反复飞回童年的记忆库加油,将自我安放于佳乃奶奶庇护下的安堵之中。少年时的黄昏、小伙伴们归家后离群的孤独感,还有那"晓闇"时分的苍茫感,他在成年后也依稀留存,并在某些相似的情境中、时空恍惚中回到童年。不管是在中国星夜赶路,还是在飞越南极的旅行中,一看见那慢慢破晓、逼近黎明的晓闇,或是飞机舷窗下冻成微蓝的冰洋,他立刻回到少年的冬夏,佳乃奶奶身边,土仓微凉的空气之中。不禁感慨,原来他,或者说所有人的情感仓库,其中相当比例来自童年。

四

在重溯少年时代的回忆录中，常见这种非直系亲属彼此喂哺温情的组合。颇为经典的几对是：《圣诞忆旧集》中父母离异的卡波特和老小姐苏柯，中勘助的《银汤匙》中多病的"我"和姨母，再加上井上靖这对。

《银汤匙》也是一本童年回忆录，作者中勘助也是个敏感小男孩，自幼身体孱弱，由姨母照顾。姨母背着他去看杂耍、嗅茶花。他是在姨母背上开启了此生。他珍藏着儿童式的敏感，记下了姨母背上安全又温馨的盘踞和那颠簸的视界。与他相依为命的姨母，真是菩萨心肠，抢不到食的鸵鸟和跛脚鸡，都让她觉得可怜。而她自己才是这世界上最堪怜之人。因为善良被骗光了钱，只能寄人篱下，唯一的财产是张熏黑的菩萨像，是个被人讪笑的傻瓜蛋。《圣诞忆旧集》里的老小姐苏柯，也是个一无所有，从不会说"不"字，人见人欺的卑微者。只有孩童那洁净的眼，才能认出她们这些沦落在世间的天使。中勘助最后去看半瞎的老姨母，不知如何帮她，只能默默地帮她把针都穿好线——大家都心知这是最后一面了，这样无言而悲怆的爱与告别，令人落泪。

他和井上靖一样，有高像素感应力及抓词能力。写姨母带他去买糖："有的糖果蓝红条纹相间，把它咬断，嘬一口，能从中间的小洞吸出一缕甜丝丝的小风。"味觉一下长出羽翼，有了动感。

中勘助和喜欢土仓的井上靖，还有同款安堵之心。他是一个敏感到神经质的小孩，一看到人多就紧张，百合花蕊柱的明亮浓艳会让他胸闷，打铃上课的铃声让他觉得刺耳厌烦——他是一个典型的高敏感人格。高敏感人格（Highly Sensitive Person，HSP）是"指一种生理上的敏感性，指一部分人的神经系统对刺激的反应更强烈、更深入、更持久。这类人通常对外界的刺激包括光线、声音、气味、触感等都非常敏感，容易被打扰"。

一般来说，高敏感人格在低刺激环境中会觉得放松舒适。中勘助说他自己经常躲开人群，一个人蜷在柜子里和书桌下,看窗玻璃上的纹路和缠在树上的藤蔓、藤蔓上的蚜虫。"躲在这种地方思考事情,能让我感到难以名状的安稳和满足。"高敏感人格的信息接收器太发达,微弱刺激和少量信息输入已足以衍生出丰富的感知,撑开布满他们的内心空间。他们往往喜欢在小空间里静思和幻想。用建筑师芦原义信的话,小空间是"个人的、安静的、想象的、有诗意的,与大城市的杂乱、喧闹、非人性等现状形成强烈对比"。

这几对都是两个游离在人群之外的弱势畸人,相依取暖。就像中年的井上靖在病中怀念佳乃奶奶,卡波特到死都盖着苏柯缝的被子,他的遗言是:"是我,是巴迪,我冷啊。"而中勘助,到上学时还随身带着小铃铛,那是幼时姨母怕他走失,借此循声去找他的信物。人总是难忘自己生命最初的光,在那四壁孤独的漠漠轻寒中,那点暖意,回望时也泛着泪光,所以这几本书都很动人,因为其中浸润着"安堵之爱"。

几 乎

错 过 的 书

昨天回妈妈家,她拖出一个沉沉的纸箱,说是清理家的时候发现一箱书,问我要不要处理。我打开一看,是一箱绘本,很多还没拆封——孩子的身体和心智都发育很快,有时新衣服商标都没拆,根本来不及穿,就已经嫌小了,衣服追不上孩子的成长。

书也一样,我给皮皮买过很多书。上学后,功课日益紧张,根本没有闲暇看无关考试的书,大概因为这个原因,这箱书就被遗忘了。我把这些书带回家,一一翻看起来。

有一本是《房子》，英诺森提画的。主角是一座老房子："我的门楣上写着1656年的字样，这一年发生了大鼠疫，我就在这时被造出来。我是用石头和木头盖起来的，不过随着日子一天天过去，我的窗子慢慢地能看见东西了，我的屋檐也能听见声音了。我看见一个个家庭兴旺发达，看见树木一株株倒下。我听见欢声笑语，也听见炮声隆隆。"

同类型的书，还有一本图像小说《家族往事》。那本书的主角，是座俄罗斯老房子。和我国一样，这一百年，也是他们国家发展史上变化密度最高的时段之一。我一个中国人看了那书，实在眼熟：政体相似的亲切感，落在很多细节上。如一套华美大别墅，变成了好几家人共居的杂院（我们这儿至今还有产权不清的老房子，因为房屋归属者在台湾或是海外，算起来都一百岁了，后代更不知零落何处，苏州老城拆迁时也常常遇到同类问题）。又如早些年代，一些守旧者对他人的干预："裤子那么紧！小流氓！"还有，改革开放以后，拎着收音机听朋克的时髦小青年。（忍不住想起二十世纪八十年代的我国。）书的某页上，有个物件旁边，还有个考大家的问号，看俄国小说的人，都能看出那是茶炊（像我国的民国老物什）吧？

《房子》同样以不变空间作为目击证人展示时代变化。英诺森提是画招牌出身，画面的叙事能力强，细节耐嚼，他的精细画风，也适合意味深长的主题。此外，他还有一种近乎古典式的含蓄抒情。英诺森提截取了十五个时间切面：1900年，1901年，1905年，1915年，1916年，1918年，1929年，1936年，1942年，1944年，1958年，1967年，1973年，1993年，1999年，十五张时光速写，从婚礼、丰收到守寡、战争、衰老、死亡……仅仅是用同一座房子做舞台，靠细节的变化，就让人看尽了人生的重大主题。

婚礼上戴花环的牛，喜气洋洋。果熟丰收时，踩葡萄做酒的腿，被阳光晒过，肌肉紧实，是农民的腿。阳光那么好，晒在窗口的白色被了被晒得发亮，凑上去一定有阳光的香味，不，不，那是幸福从窗口飘出了香味。

可是，即使是幸福中，也伏着阴影。有时，阳光下飘扬的白床单，打着补丁，天很冷，孩子们上学的背包里，是供教室取暖的木柴。（我看一个东北朋友写过，他们那个地区的学校，也是要每个孩子背一块木头上学的，大家凑起来，烧火取暖）那时新婚少妇已经变成了寡妇，然后，战争来了。沉沉夜色中，寒气肆意弥漫，人们紧挨着，因为身心俱寒，裹紧了头巾……天啊，我突然想起绘者是意大利人，那战争中的画面，那个色调，催人泪下。然而，战争会过去的，窗口又重新晾起了白床单，老猫打盹的窗台上，又飞来了麻雀。

虽然绘制风格不同，但这书却和《家族往事》有隐秘的共通：时代的风雨冲刷之下，房子日益破败，已经被改造得面目全非，然而，"物件能保存时代的烙印"，家具、衣物、餐具、玩具，它们比人更固执。在变动不居的辗转中，只有茶炊、白色床单这样的边角道具，以及它们所代表的生命热情，才是生活之锚。无论怎样的悲喜起伏，生命只是兀自向前，就像余秀华说的："生活的本质是水，而非水形成的波浪。"

另外，还有一本书，埃彭贝克的《客乡》，也是用房子这种固定不动的物质性存在，来反衬人事的流动无常。房子有很多任主人，他们历经战争、流离，待战势变化，德国房主也一样得躲在衣橱里排便，饿到半死，尊严沦丧。而复仇的红军，也曾短时占据过房子，把平民当作泄愤对象，在他们的家里大小便，这些污秽激荡的狰狞剧情起伏，如巨浪滔天。

然而，每次大浪掀起，也就是一个主人的个人兴衰史之后，都会有一个描述园丁的小章节——无论外界如何变化，园丁永远在栽花育苗，翻地埋肥。这个在书里反复回旋的园丁章节，是涌浪之后短暂的风平浪静，它把不同的命运串联，像鼓一样敲出小说的节奏，给它稳定的结构感。何以对抗杀戮和创痛？唯有园丁为树苗挖洞，为玫瑰拔草。正是这些日常劳作，阻止了巨浪的侵蚀。房子是个冷眼的目击证人，"物是人非今犹在，不见当年还复来"，人生如寄，江山如旧。

我急不可耐地等着接皮皮的时刻到来，我要和她好好谈谈这些：利用反复出现的某个道具，来维持叙事的稳定秩序，又用栽树、砍木头、花开花落，来造成生活的微澜律动，以及：节制的表达是优美的。

力量、

勇气与爱

《面包和汤和猫咪好天气》（此处是指群阳子所写小说，2015年马可波罗版，2017年购于苏州诚品书店），二刷。有与一刷不一样的阅读感。热爱料理的秋子，在妈妈死后，辞去工作，继承了饭店，做了装修和菜肴的改造——妈妈是男权世界的适者，她的店装修艳俗、口味重、基本是批发来的半成品加热，与男客打情骂俏，是热闹迎送的经营风格，这些全是迎合男性价值观的，店里也全是男客。秋子的店装修，是修道院食堂式的冷淡风，重菜之本味，每套餐具皆是精心选择的独品，每种食材都记录了来源和农药含量，她埋首专注于菜品，待客温淡，店里全是女客。

书里我最喜欢的部分，是秋子备菜、做料理、除尘、做家务的段落，小说里有大量的篇幅，描述秋子如何细致耐心地劳作：进货，记下每份食材的产地、农药含量、不用产品而是自备高汤；吸尘，吸完以后，再用抹布细细擦一遍……日式作品中，无论是插花还是茶道，包括死者入殓，都有极为琐碎的细节呈现。

有一次，我看一本修行论禅的书，原本想收获一些哲理，结果书里尽在叨叨庙里怎么洗厕所和擦地。难不成这是家政工作指南？我心里嘀咕着。很久以后才明白，烦琐仪式中所蕴藏的"道"。这些操作说明段落，看似冗长，为描述性细节，但其实它们是作品及作者内心的结构性支撑。秋子并没有口述的激情宣言，而正是在这些微小的动作中，秋子得以慢慢旋松了职场工作时的螺丝，安顿身心于当下，她的前行，也得自这些跬步的挪移。

有旧时食客，或八卦的老太太，甚至同行，来指点秋子，希望她迷途知返，及时把餐厅改造成合时宜的样貌。秋子完全不为所动，但她并不与对方争辩，知道大家的认知底盘完全不一致，言语上的交锋毫无意义，对方说得口干舌燥离去，秋子奉上自制的三明治，客气恭送。礼数是周全的，体贴是真心的，但是内心绝不摇晃。

群阳子笔下，常有这种柔软坚韧的女性。《海鸥食堂》里的幸蕙，也是微笑婉拒了绿子提出的"在芬兰还是入境随俗"的改良，看看芬兰模式的日本饭团：驯鹿肉馅的、鲱鱼馅的、炸虾馅的，摇摇头，幸蕙对绿子的建议表示感谢，但坚持自己对饭团这种灵魂食物的日式操作。

其实，我常常觉得激辩是多余的，人不能被理论说服，人只能被体验说服。在体验储备到位后，理论才能生效。有意义的批评是：补充有效信息、提供资料、指出论据讹误，而这些都不需要过度的情绪。优质的辩论，发心要正，言辞精当，双方在同一水平线上，反应力和即兴评述能力相当，能拨正对方的偏差，补上盲区，不能裹挟过多的情绪……其实不容易碰到。

而力量，则是面目各异——我们之所以热爱运动会，因为它不仅是力量的展示,也让力量有了多元化的缤纷诠释:跳水运动员如跃鲤般的轻盈入水,跳高运动员克服地心引力的极限,拳击运动员在对抗中的悍勇,集体项目中如多声部合唱般优美的协调用力。如果以运动项目来打比方的话,那么秋子所拥有的,正是长跑运动员的力量感,目标明确,方向清晰,以稳定的节奏发力,不受干扰,一个人默默前进。长跑是时间开出的玫瑰,而小店也在秋子扎实的实干中,从门可罗雀走向顾客盈门。

秋子的妈妈,是个彪悍辣妹,烟酒不离手,无论橱柜和心房,都塞满无用赘物,哪怕恋爱对象有伴侣,也要生下秋子这个私生女。时而爱慕不已,时而龃龉生隙,总之一辈子摆脱不了与男性的牵系,也无法走出男性社会的框架。秋子却是不婚族,养了只猫,家居无杂物,食材用完就关店,周日闭门休息,从容享受一个人的好天气……她甚至不希望有太多的顾客,因为她觉得"当然有顾客不喜欢我的风格,这没关系,但最要不得的是,连自己都不知道喜好,只是一味追求流行的那种食客"。

简言之，秋子是新女性的力量模式代表，在松弛中打开自己，内心阔朗透气，对外界保持开放度，客气不争，但静守原则，慢慢让自我堆积成形，自性光明。书里那些觉得秋子不如妈妈泼辣能干的人，恰恰不明白：秋子不是拳击运动员，而是长跑运动员。这些人的理解力狭隘，他们把力量这个多解题，做成了单选。

最近看佐野洋子的《想飞的熊》："小熊的家中有一张古老的红毯，据说他爷爷的爷爷的爷爷曾经坐着这块红毯飞上过天。小熊和他的爸爸一样，梦想着用这块红毯飞上天。小熊跟老鼠是好朋友，他们总是出去野餐。但不管吃多少好吃的，小熊总是无法感到快乐，因为他总是挂念着那个飞上天的梦想。老鼠则非常享受活在当下，它不懂为什么小熊不能安于现状。终于有一天，小熊告诉老鼠，他下定决心了。他要坐上那块飞毯，去尝试飞翔……"（以上为摘抄书籍简介）

小熊鼓起勇气，坐上了红毯，纵身一跃。归来以后，小老鼠赞美小熊的勇气，又问他在天上飞是什么感觉。

小熊说："其实吧，在天上飞的时候，我吓得心惊肉跳，脑子里一片空白，我紧紧闭着眼睛，什么也没看到，也许我根本没有什么勇气。"老鼠说："也许，这才是真正的勇气吧。"

勇气，并不是闪闪发光的英雄主义，勇气中也包含怯懦，就像爱中也有不爱的时刻。这来回摇摆的踱步，斑驳的杂质，才是真相，也是它最可爱的部分。而爱一个人，首先意味着不能造神，把一个人所有的瑕疵面都P掉，然后去爱一个无瑕的偶像，大家一起闭眼进入梦工场。这种爱，太容易了，也太廉价了，对质量有要求的人，不屑为之。

这是让我感慨的那个段落：

在《想飞的熊》结尾，"小熊说：'也许我根本没什么勇气？'老鼠目不转睛地盯着小熊说：'也许，这才是真正的勇气吧。'……微风吹来，将小熊胸前雪白的毛轻轻吹向左右两边。'此时此刻，就是幸福吧。'

老鼠说。小熊一声不吭。"——小熊和老鼠的友爱,正是在一个自问的"也许",和一个回赠的"也许"之间。

力量、勇气和爱,都不是干净光滑的标准答案,它们是在污泥满地的一地鸡毛中,一点点地拔脚、迈步、缓行。因为自带鸡毛属性,所以,当它们来到我们身边的时候,常常面目模糊,与它们相认并相惜,是我们一生的功课。

年味如常

年前，去驿站取书，老板娘对我说："月底快递就要停了，你想买什么快点买。"紧张感骤然降临。那两天，我急急囤积火腿、羊肉、咖啡豆、奶酪、洗面奶、隔离霜、我妈的药、给皮皮买的简忠威水彩书和杨柳青年画集……我是独女，同辈多在外地，甚至在国外，父母辈的长辈日益凋零，即使尚存于世，也乏于脚力，顶多打个电话拜年。由此，我家的"年"，完全没有迎来送往，基本与常日无异。说实话，近年来，传统的年味益发稀薄，届临年关的"年感"，全靠这个"快递快停了"。

但"年"还是蹑着脚步来了。腊月二十七八的时候，街上尚有不少人，拎着大红盒子装的年礼。二十九，在公交车上遇到两个从花木市场买花归来的人，捧着蝴蝶兰和郁金香,像捧着一个春天。三十那天,车厢里只余我一人,平日寂寂无声的住宅楼里,却充满了声音和气味:砰砰砰,邻居大力地开门关门,是在换春联;鼻端有香味袭来,是另一家在烧糖醋带鱼。

"年",真的来了。

炖了一大锅牛肉(平日我就是这么对付着过日子的,隔几天,烧一大锅牛肉或猪肉,加白菜粉条是一锅菜,加胡萝卜土豆又是另外一锅,最后的边角料还能用来下面);买条大青鱼,鱼片做了香煎鱼,鱼头炖一个豆腐汤("年年有鱼"是最后坚守的一点传统);拌了老南京十样菜(菠菜、荠菜、胡萝卜、干丝、香菇丝、豆芽之类的蔬菜和豆制品,焯或炒熟以后用盐、味精、麻油杂拌,这个菜健康又百搭,我平日也常做一大锅,每天取食一些,以各类应季蔬菜、豆制品,补充肉食所缺营养)。

一切如常。

草草吃完三菜一汤,算是过完除夕。灯下,继续看没看完的书。春节前后,看了四版苏轼传。风味各异:

李一冰版的传记,是通过苏轼这滴水,对北宋仁宗、英宗、神宗、哲宗、徽宗(前期)五朝的政治、经济、军事、外交、党争做了详尽的考察。苏轼身兼川人、文人、士大夫多重属性,本人又热爱交游,历经宦海浮沉,以他为中心辐射编织出一张网,自然能打捞出各路政治和文学界的风云人物。

《孤星之旅》口语化一些,作者搭建了苏轼的关系网,做了视觉景观丰富,把苏轼像游鱼一样,放游在具体的人际和大宋烟火中,让他自己出川考科举,在朝堂上斗嘴,趁酒兴和书画知己挥毫互和,贬谪于黄州、惠州、儋州,和老妻一起给病牛喝蒿汤,在困境中彻悟;让他四处冶游、设计房舍、种树赏花、收藏文物;让他起,让他落,让他张扬,让他淡然。还有一个洪亮版。以上这三本都是循年谱写的,是开阖纵横的大传记。

另外有一本是王水照编的《苏轼诗词文选评》,选篇很好,点评精当,是以作品分析串连的小传记。

2022年,小孩备考,整个春节都顶着冻雨和暴雪去补课。有暖气的等候区坐满了家长,我在冷风飕飕的楼道里,来回踱步取暖,听各种版本的《红楼梦》解读——穿着赘重的冬衣,鞋子已经被雪水浸湿,左手拎伞,右手拿包,连捧阅读器的手都空不出来,又实在舍不得这时间白白流逝,只能听书。那年的春节,我是在贾府过的,听他们过年前整饬有序地漆桃符、焚香柏,除夕行礼,散压岁钱,献椒盘,喝屠苏酒,然后抹牌游戏,能出门的爷们都去逛琉璃厂和庙会,不能出门的女眷在家里喝年酒、看戏。

今年,我是随着苏大学士四处迁谪:某年初一,开封大雪,在暗如井底的囚室里待了四个月,"魂飞汤火命如鸡",乌台诗案终审结束,被贬黄州、余悸在心的苏学士,踏上远谪之路。之前的某年初一,当时他还在杭州做通判,在赴外地出差的驿站,接到一封散发着香气的回文情诗,苏学士写下"欲卷重开,读遍千回与万回"。这是情窦初开的家伎还是欢宴上相谈投契的官伎,我不太确定,但那是轻盈香艳的一缕绮丽梦思。又有某年元宵节,和皇帝一起坐在城楼上,皇上赏了个橘子给他吃,"传柑归遗满朝衣"。又有某年,快过年了,一代书圣苏学士,笔墨几已用尽,困窘到自己拿松脂烧墨丸,结果引发失火,他老人家从火中抢救出五百个墨丸。荣宠至极,风雅至极,狼狈至极,又落魄至极。他的诗里喜欢用"鸿"字。他的人生也确实起伏不平……我跟着他高高低低地飞了一个春节,纸游了他"兹游奇绝冠平生"的生命风景。

看着看着,夜就深了。这个冬夜,和往日又有什么区别呢?皮皮上学的日子里,每天吃完晚饭,在她下晚自习前,我还有三个小时,煮点白茶,看冬日书:红楼梦考据、魏晋尺牍研究、南斯拉夫史(为了深入理解用塞尔维亚语写作的乌格雷西奇)、宋代香谱……看累了,我起身,做点肩颈和腰腹瑜伽,预防颈椎病和下肢血栓(伏案工作者的职业病),顺便给皮皮烤一份红薯,这是她最爱的夜宵。屋里暖如春天，红薯的香气漫溢出来，外面是化雪的滴答声和被冻住的风声。

"万卷古今消永日，一窗昏晓送流年。"这样简素平淡如平日的年味，何尝不是幸福。书桌旁的相框里，过年前，我给换了一张画芯，仔细端详这张画，就能发现：它不是书房清供水仙，而是常在碗盘厨案上出没的韭菜。我喜欢这脚踏尘泥还开出花来的，最最渺小平凡的家常菜蔬，又如豌豆花、葱花、荠菜花、芹菜花，也很美。黄永川、川濑敏郎和雨宫由佳都插过油菜花。雨宫还曾经把院里的南瓜花、紫花菜薹、苦瓜花，还有做菜用的青椒拿来插……插花不在于花艺、花道、花材的高大上，更重要的是，用植物抒发和记录此时心境，家常日子配家常菜花，挺应景。

所以，何为"俗"又何为"雅"呢？

苏轼贬惠州，给弟弟的家信里，写的是啃羊脊骨的快乐："惠州市井寥落……买其（羊）脊骨耳。骨间亦有微肉，熟煮热漉出。……渍酒中，点薄盐，炙微燋，食之……意甚喜之。"他自嘲自己把肉吃得很干净，连狗都没法再找到肉。"则众狗不悦矣！"此处安心是吾乡？更大的浪头还在后面，苏轼刚刚盖好准备养老的白云居，就接旨被贬儋州，此处无屋无米无友，但他也很快随遇而安了。食芋饮水，逛寺院，走街串巷交朋友，作诗云："但寻牛矢觅归路，家在牛栏西复西。"家在哪里？顺着牛屎一直往前走呗……无论是谈论羊脊骨的家书，还是牛屎入诗，都很活泼生动，写羊骨牛屎和"清风徐来，水波不兴"的，大雅又大俗的，正是同一个东坡居士。无论清风还是牛屎，无论是江南玉骨幽香的寒梅，还是海南一路旖旎的木棉道；无论是玉指吹弹箫管的杭城歌姬，还是吹葱叶口哨逗他的海岛顽童，都是日子，当然也都是诗，诗不在日子，而在生机。死掉的生活没有诗。

沈从文晚年从事文物研究，他收集的文物，多是民间的工美作品，是为生活服务的家常物什，不是雅士文玩或宗庙礼器（博物馆专门为他办了"内部浪费展览会"，就是讥讽他买来的"废品"）。他的研究路数，不是学者式的抽象理论，而是切身感知的研究散记，他关心的，是什物中的"人"。"我不仅对制作过程充满兴味，对制作者的一颗心，如何融会于作品中，他的勤劳、愿望、热情，以及一点切于实际的打算，全收入我的心胸。……一切美术作品都包含着那个作者的生活挣扎形式，以及心智的尺衡。"他的学生汪曾祺说，在昆明时，沈和他谈陶瓷、漆器、挑花布比谈文学还多。这些日用杂器，都是日子，当然也都是文学。沈的文物研究与文学创作，是一脉相承的。

我常见喝茶、买花乃至年节民俗，高悬在日常之上，被奉为奢侈的生活美学或讥为矫情的小资情调，而事实上，它是老百姓挨苦时的一口糖，是读书人修养己心、锻造人格力量的东西——旧时北方的穷人过年，置不起什么案头清供，就用一个红萝卜，削头去尾挖个洞，内种大蒜，用铁丝挂起放在朝阳窗下，红红绿绿的煞是热闹喜庆。苏轼被贬儋州，食芋头、戴藤帽、穿蛮服，仍从容记录寻到的一处可烹茶的好水。这些，哪是什么小资情调？它是平民艰苦民生里一点喜色的生趣，是由精神力量带来的一种宠辱不惊的气度。它和生活是一体的，它就是生活的一部分，它是生活自带的审美品质，无须高奉也没啥好讥讽的。

清香落

一

历史上，提到苏轼的感情史，通常是和三个女人绑在一起。原配王弗，他们情投意合、伉俪情深，然而她早逝。继室王闰之，交流快感低于王弗，她起落不惊地伴随苏轼的飞黄腾达或贬谪流离，算是同甘共苦。朝云，则是东坡先生的侍妾，一般我们都把她塑造成苏轼的红颜知己。

有诸多香艳的传闻，有一说是朝云乃钱塘名伎，名噪一时，苏轼在一个酒宴上对她一见倾心，遂给她赎身，纳为亲室——但是，一个十二岁的垂髫少女合是青楼名伎？

更近乎实情的,可能是这个版本:苏轼的继室王闰之生了幼子苏过,家里需要婢女,并且北宋官员常有家宴应酬,席间必须有家伎歌舞助兴,所以,苏家才买了朝云来——那个时代的风俗如此。有一些年纪大的伎女,会买穷人家或拐卖来的孤女,加以调教,教习她们唱歌、跳舞、烹茶、待客等技艺,成年之后卖给达官贵人(可以想象成一个歌伎培训机构)。

再谈谈苏轼对女性的态度。苏大学士二十出头就中了进士,之后,"眉山三苏"因其诗文名扬天下。没错,因为彼时雕版印刷的发明,苏大学士迅速成为中国文学史上第一位在活着时就拥有文集传世的人。不足四十岁时,他已经是杭州通判。另外,他还是酒席段子手、笑话小能人,极其擅长交朋友,女人缘自然也很好。一路做官,一路吟诗作文做他的文坛巨星,一路和各色官伎、家伎、女粉丝缱绻生情,一曲清歌的萍聚,漾出绵绵诗句,"苏轼与马盼盼""苏轼与琴操""苏轼与赵胜之"……这些都是流传至今的逸闻。

他只是过过嘴瘾罢了，宋代禁止官员嫖（官）伎，家伎又是别人家的私属。但各路苏粉纷纷展开脑补附会，在字句隐语中揣想着坡仙的风流情致。但他并不是纵情风月场的人。他又不是柳永那种浪荡在歌楼的落魄才子，苏轼是一个地地道道的士大夫，科举顺利，正在仕途上一步步辛苦跋涉。他从小受的是儒家教育，尤其在他生命早年的思想体系里，占比甚大，儒家强调的就是入世。

这也造就了苏轼立体化的神奇。他不仅具有横向的才能跨度：跨文学、学术、艺术、医药、佛教、道教、造园……各个领域。他也有纵向的上下贯通。苏轼既能搞抽象理论：纵横汪洋地起草诏书、写关乎国策的策论，也能入世做实事。他是个"能吏"，勤于政务、除弊兴利，在每一任地方官的任职期间，都有出色的业绩：在开封府审案果决，在杭州疏通西湖，在密州抓贼治蝗、救扶弃婴，在徐州开矿抗洪，在定州整顿军纪、守卫国界。即使在贬谪期，作为谪官已经不能参与公务，他还是积极劝说当地官员建桥、兴农。儒家的匡时济世、忧乐同民，强烈的社会责任心，在他身上有充分的体现：他在抗洪大堤和工人一起吃陈仓米饭，除夕夜还在出差办公的途中，只能歇脚在凄冷的船舱里。

我说这些，不是为他歌功颂德，只是，把他的工作日程表排出来，看看事件密度，就能知道：壮年苏轼，重心在事业，不太可能成天和女人厮磨。以他那种爽直率性，估计也不耐烦在闺中调笑厮混。他是官员，为了应酬，家里必须有能歌善舞、会烹茶的家伎，但苏轼常向客人这样介绍她们："我家这有几个搽粉的虞候（侍从），出来祗应（侍候）"。

关于苏轼的艳情传说，有一个是"春娘换马"。大意是说苏轼在"乌台诗案"审理完结后，他的朋友来送他，他看上了朋友的马，就拿家伎春娘换了这匹马，春娘羞愤地撞墙而死——我感觉这故事比"乌台诗案"还冤枉人，诗案里，好歹苏轼确实讥讽了朝政（按他自己的说法叫讽谏），这个故事听着就有点扯。苏轼是在湖州任上，被汴京赶来的御史台差役抓捕的。临行前，他让朋友护送家眷至弟弟家，一直到第二年五月，案子审完判完，苏轼已经在黄州安顿下来，他弟弟才把家眷又送来。他从汴京上路时还是个罪臣，是被御史台的差役押送上路的，怎么可能带家伎？你当是自驾游呢？

苏轼不是一生一世一双人的情圣，也不是成天蹁跹于脂粉丛中的浪子。

二

不过，有个问题我想了很久。话说古代男子的爱，它在哪里呢？

首先，妻子不是用来谈恋爱的。正妻的主要功能是：带来资源和人脉、伺候公婆、开枝散叶繁衍子孙、管理家族事务等等。中国的婚姻，更类似于一个事业组织。并且，良家妇女自小饱受妇德训练，像宝钗说的只管针琐事项,不能被杂书移了性情,说白了,就是木然乏味的同事与合伙人,完全不会调情功夫。男性只能在官伎、私伎、歌姬、妾室身上寻求爱情。但官伎、私伎缺乏共同生活去夯实关系,少了时间的加持,只是瞬间的官能快感。至于家伎和妾室,她们连身体都属于男主人,对一个随时能把她送人或卖掉的主子,除了以妖媚邀宠来承顺护身,又能如何?

苏轼最动情的时候,是在高太后告知他,神宗对他的欣赏。有一次,太后问他可知道为什么他升官这么快,苏轼屡猜不中。太后说:"此举是神宗皇帝的遗意。神宗皇帝饮膳中常看文字,看得停箸不举时,内监们都知道定是苏轼写了什么。他又常常称道:'奇才,奇才。不幸未及起用学士。'"苏轼听到此处,"失声痛哭"……古人自小就是头悬梁、锥刺股那般苦读,汲汲于功名,脑子里想的都是忠君报国这一套,所谓"学成文武艺,报与帝王家"。对他们来说,最盛大隆重的爱情,莫过于君王的知遇之恩。他们愿意为此献出生命,犹如最为"恋爱脑"的痴情女子。大家都知道,我们中国的很多怨气深重的弃妇诗，其实是读书人借此抒发不被帝王重用赏识的怨念。

而与他最知心相爱的，莫过于他的好兄弟（苏辙）。兄弟俩心心相印，作弊都靠眉目传信："东坡同子由（苏辙）入省草试，而坡一得一方，对案长叹，且目子由。子由解意，把笔管一卓而以口吹之，坡遂悟，盖《管子》注也。"苏轼突然想不起文章出处了，望向弟弟。弟弟吹了下笔管，对！哥哥立刻会意，《管子》！……简直就是周星驰的《逃学威龙》嘛，周星星在考场里擦汗，吴孟达在门外汪汪叫，星星一听："D for dog！"哈哈哈哈哈。

我一度抄写了他那些深情款款的诗句，后来发现这些句子全是写给他兄弟的。比如："亦知人生要有别，但恐岁月去飘忽。"那是在苏轼初次从政，赴凤翔做签判时，兄弟俩从小一起长大，从未分开过一天，这是他们的第一次分别，苏轼对弟弟万分不舍。又如："但愿人长久，千里共婵娟。"很多人赠给情人的这句话，最初的情绪源头,是苏轼思念中秋不得团圆的兄弟。"乌台诗案"发生,苏轼被审了四个月,关在只能转身的咫尺囚牢之中。他寻思着可能要死,给兄弟写了告别诗:"与君世世为兄弟,更结来世未了因。"临终前他很从容,唯一的遗憾是没有见到子由,与他亲自告别。而苏轼心心念念一生的梦想,就是完成他为民为君的社会责任之后,可以和弟弟一同退隐,夜雨同床对诗。

三

关于朝云,史料就寥寥几句,比如:"熙宁七年(1074年),朝云归苏家。"那时她是个十二岁的小丫鬟。她在苏轼心中的分量,倒可能是随着时间而增加的。乌台诗案后,苏轼被贬谪到黄州。这时,朝云和苏轼的力量比,发生了微妙的变化。苏轼当时四十四岁,神宗皇帝比他小十二岁,他的政敌个个活蹦乱跳,还准备继续迫害他,他的仕途基本终结。他可是以大宋开国以来唯二好成绩通过制科考试的人啊,这个考试出来的人很多都当了宰相,差一步他就手可摘星,因为一腔济世之热血,秉公义正直敢谏,就摔得这样惨……前阵子海南展《寒食帖》,我看朋友在现场拍的照片,不同于小字帖,仿真迹的尺寸视觉冲击力很大,我非常震撼。那是苏轼以浓墨重笔喷挟而出的心海澜翻,那力透纸背的抑郁悲愤。

不仅前途没了,就眼前的日子都很难挨。他那个闲职,精神上,是对他的折磨:大好壮年不能做一番事业,只能天天在江边捡小石子打水漂,要不就是拎壶酒去海棠花下小酌——做官时携官伎游湖吹笛,那叫士大夫的风雅闲情;贬黄州这是壮年被闲置的闲,主动的闲和被迫的闲,有天壤之别。这白白流过的岁月,让他那个阶段的诗歌里,充满了对时间的焦虑。"万事如花不可期,余年如酒那禁泄""但屈指,西风几时来,又不道,流年暗中偷换""暗中偷负去,夜半真有力"。

从物质上来说,那也是困境。他的薪水不足以养活全家数十口人,只能在东坡开荒种地。家里的十余口人是：夫人王闰之，因为焦虑已经病倒，两个幼子，从四川带来的老乳母任采莲，堂侄子的遗孀及遗孤，几个老婢。而此时的朝云，已经长大了，十八岁的她，在一队老弱之中，正是一个处理内务的强劳动力。

我们以现代读者的眼光看苏轼，固然是一代文宗、千古才子，然而陪伴黄州阶段的他，八成不是什么愉快的事。没吃没喝，生活困窘，天天干活，辛劳不已。炉灶里塞着湿芦苇，锅里只有蔬菜，桌上剩着劣质酒，床上盖着内胆破烂的薄被。这半老头子没啥前途了，精神状态也不佳，严刑审讯的诟辱惊吓，给他留下了PTSD，时时恐惧惶然，唯有靠念佛书来静心。尤其是E人被迫转型为I人："平生亲友，无一字见及，有书与之亦不答，自幸庶几免矣。"朋友也不敢和他通信，唯恐被连累。他终日不是参禅就是喝酒，瘦骨衰髯，每天醉醺醺，"一月不梳头"（苏轼以杜甫诗自况）……十八岁的朝云，陪伴的，正是这个低谷版本的苏轼。

朝云美且慧。秦观说她:"美如春园,目似晨曦。"她长于弹琵琶。黄庭坚诗云:"每见琵琶忆朝云。"他们之间具体发生了什么,后人只能在苏轼的文字里努力找线索。比如说把他同期诗词里的"冰肌玉骨、自清凉无汗"、携手望月、"钗横鬓乱"的夜会细节,都算在朝云头上,这个有可能是苏轼把生活体验拿来创作了。

确然的事实是:朝云的温暖陪伴,与苏轼的创作峰值同步——元丰五年(1082年),就像王羲之的"永和九年(353年)",是中国文艺史上的高光之年。苏轼产出了《寒食帖》、前后《赤壁赋》、《浣溪沙》《定风波》《西江月》《临江仙》等传世名作,而朝云在次年产下他们的儿子。苏轼写信给朋友蔡景繁说:"凡百如常,至后杜门壁观,虽妻子无几见,况他人乎?然云蓝小袖者,近辄生一子,想闻之,一拊掌也。"他喜滋滋地告诉朋友:"那个穿蓝袖衣服的,给我生了个儿子。"

苏轼把家人安置在临皋亭，自己在雪堂待客、夜读，去庙里打坐静修，与诗友画友喝酒谈禅，泛舟江上赏云涛。苏轼素不太与家中妇女厮缠，但在寂寞失意中，却与朝云相守生情，所以连朋友都见过这个蓝袖女孩。如果是他在官任上，以他热心公务与书画诗文，四处交游的野马心，嘴不停脚也不停的活泼性子，他未必有闲心和朝云终日相处。

这个儿子眉眼长得很像爸爸。苏轼还说他"颀然颖异"，颀然就是修长，这是苏轼母亲程夫人遗传给苏轼的高个子。苏轼一定是欣喜地认出了这血脉的暗号，他非常喜欢这个幼子，这孩子像雨后初晴一样，给他暗夜般的贬谪生涯带来意外的一线天光。"吾老常鲜欢，赖此一笑喜。"苏轼给他起名叫"遁"，希望他学会隐匿躲避，保全自己，这大概是彼时苏轼的心声吧。

可惜，这个可爱的孩子，未满周岁就夭折了。当时，神宗皇帝对苏轼示好，把他从黄州移置到离京城较近的汝州。苏轼接旨后携全家上路，从黄州到河南，有一段是水路，大家吃住都在船上。当时正好是酷暑，在船上又不方便求医问药，一个免疫力尚不健全的婴儿，在南京城外的船舱里，就这么中暑死了。如果这孩子是在他官任上生的，哪怕是留在黄州，都未必会死。

对于孩子的死，苏轼感到很悲伤。在黄州时，他听说当地有人弃婴，因他是谪官，不能参与政务，于是他四处奔走，多方呼吁营救。那时他很穷，但还是捐了钱——他最是仁爱之人，连非亲非故的弃婴都心怀不忍，更何况这是他的亲生儿子，他必是有锥心之痛。一直到了晚年，他在诗里还反复提及这个夭子。想来他丧子的痛苦中，也含有对朝云的心疼："我泪犹可拭，日远当日忘。母哭不可闻，欲与汝俱亡。"

但我仍然认为，他的痛苦，和孩子母亲的痛苦，不在一个量级。朝云本是个孤女，无父无母，男人也是别人的丈夫，这个儿子，几乎是她唯一一次与世界建立血肉联系的机会，结果孩子也死了。朝云痛不欲生，整日哭泣，身体还在分泌乳汁，顺着床沿流下来，孩子的小衣服还挂在船舱里，可是孩子已经没了。

而苏轼有三个儿子，当时已经有了长孙，眼看着就要儿孙满堂了。再过一年，神宗驾崩，高太后听政，重新起用旧党，他马上要迎来繁花似锦的事业春天，各路笑颜向他纷然绽放，无论出于真心还是假意。他又回到京城，一大拨儿诗友画友都在近处，纷纷向他聚拢，风雅的集会一次次举办。他们喝酒和诗、赏花品茶，他又买了几个侍妾，这些热闹声色，很快会冲淡孩子早夭带来的哀愁。他生性豁达，情绪来得快去得也快。他的世界，他的心，都是那样大。角落里的小阴风，很快会散去。

如果说：朝云8G的心里装满了苏轼和儿子，就算苏轼也装着8G的朝云和儿子，但苏轼的心……起码有256G吧。可是，孩子对于母亲来说，是唯一的。这个孩子死去后，朝云再未生育，她重新回到了孤女的境地。她开始习佛，全身心投入经义学习——正如我们常常见到的情形：很多痛苦到无法苟活的人，会投身于宗教。

四

苏学研究专家，都在纷纷陈述数次贬谪对苏轼是一种历练，让他达到了更高远旷达超逸的人生境界。但十二岁就入苏家的朝云，难道不也在一路成长吗？苏轼三十八岁以后的人生，都有朝云在侧。她随他走过了杭州、密州、徐州、湖州、黄州、定州、扬州、颖州、惠州……的千山万水，眼见着他高官厚禄，眼见着他像鸡犬一样被御史抓走，眼见着他高楼起，眼见着他楼塌了。

她看尽了贫富谄欺，昨天还是天子堂上穿绯袍佩银鱼袋的重臣，今天就连下五道诏书贬你滚到海外；昨天还是歌衫舞袖，今天只怕要食芋饮水。这履迹千里，是山水，也是人心的险滩绝境。苏轼到了晚年，已是邯郸梦醒，对君主彻底失望，那朝云呢？从一个出身伎馆的开朗小女孩，到生子丧子的痛苦母亲，又到终日研究佛理的女人，朝云的心里，又走了多远的路呢？

苏轼对朝云的评价是"敏而好义"——聪明，有正义感，讲义气。事实上，苏轼喜欢的所有人身上，都有这三个特点。他本人聪明绝顶，又喜欢开玩笑，所以对谈话对手是有智力要求的。浊蠢迟钝、缺少幽默感的人，估计与他不投契。他对原配王弗的评价是"敏而静也"。至于"义"，他这个人，三教九流，什么人都交往：官伎、和尚、道士、市井小贩、农夫农妇、炼丹术士，就是不交欺君负友之人。在黄州时，他身为谪官，还收留了一个流亡人士巢元修在雪堂，大家一起吃住。

苏轼对朋友的价值取向里，"义"是重要的一个维度。苏轼贬至海南时，巢元修已近七十岁，还从眉山出发去看他，最后死在半途，遗体都没人收拾。至于为了见他一面就丢官的，为照顾他而被贬官的，或是像张耒，仅是缟素痛哭超度老师就被贬谪的，这一类付出代价的忠心之友，就更多了。临终前，他正行舟在水路上，朋友钱世雄把他接上岸，给他安排了住宿，让他体面死去。然而这个情义中人，因被苏的政敌报复，最终"废之终身，卒于穷苦"。

他给朝云写的墓志铭是:"朝云……事先生二十又三年,忠敬如一……"——这"忠"有很多种,朝云的"忠"是哪一种呢?

妻子的忠贞节烈?当然不是。她是妾,不是妻,生前没有名分,死后不能同穴。权利与义务是双向的,她自然也没有与主家生死相随的义务。忠仆式的忠?妾本质上是奴仆,有些家奴是视自己为家庭成员的,为主子可以出生入死,可那是愚忠。万一主子是个坏种,那简直就是助纣为虐。忠于精神导师的忠?就像苏门学子和友人对苏轼的追随。他们也因此付出惨重代价,被贬官、被罚钱,有的更是终身潦倒甚至死在荒僻贬地,还要祸及家人。王定国是"乌台诗案"里被惩治最重的苏轼友人,他的一个儿子死在谪所里。

说到苏轼对家伎侍妾的态度,有两个故事:他的朋友,在黄州时对他这个罪官照顾有加、"相待如骨肉"的知守徐大受,在转任途中猝死,苏轼非常难过,"伤痛不可言"。但很快,他又在朋友家中看见徐宠爱的侍妾赵胜之,她已经转投这家主人了。苏轼"掩面大恸",赵胜之大笑。苏轼常以此为例,让大家不要多蓄妾。

另外,上面提过的王定国,被苏轼连累,贬到广西,苏轼羞愧得不敢与他通信。王定国倒是淡然处之,回来以后还携家伎柔奴来看苏轼。苏轼问柔奴:"岭南的风应该不好吧?"柔奴答道:"此处安心是吾乡。"苏轼慨叹她的静定从容,为她写了《定风波》。"试问岭南应不好?却道,此处安心是吾乡。"苏轼并不是要女性恪守贞洁,侍妾在古代近似于物品,可以拿来送人和转卖,无所谓贞烈。苏轼自己也很通达,晚年干脆"开阁放伎"了。苏轼欣赏的,是那一份风骨。

而广为流传的关于朝云的两个故事,都意在指向:朝云的"忠",是有自觉性的,是在识别并认可苏轼精神价值的前提下,对他的追随。

故事一:"苏东坡一日退朝,食罢,扪腹徐行,顾谓侍儿曰:'汝辈且道是中何物?'一婢遽曰:'都是文章。'坡不以为然。又一婢曰:'满腹都是识见。'坡亦未以为当。至朝云乃曰:'学士一肚皮不合时宜。'坡捧腹大笑说:'知我者,唯有朝云也。'"

故事二:"苏轼远贬惠州时,叫朝云唱他的《蝶恋花》词。朝云未能开口却落了泪。苏轼问她,朝云说:'奴不能唱者,是'枝上柳绵吹又少,天涯何处无芳草'这两句。苏轼听后大笑说:'我方要悲秋,你却先伤春!'不久,朝云得病去世,苏轼从此再也没有听过这首《蝶恋花》。""天涯何处无芳草"的典故,出自屈原《离骚》"何所独无芳草兮,尔何怀乎故宇",是卜者灵氛劝屈原转投明主的话。朝云怜惜的是苏轼忠心耿耿却报国无门的痛苦。

我想,朝云的感情,是混合了几种基底的:对仰慕男性的爱,忠心护主的赤忱,也有对正义真理的追随。忠心耿耿于君主的苏轼,被连下好几道诏书贬谪,就差踹出国境线了。而忠心耿耿于苏轼的朝云,最后葬了个千里孤坟。

宋代祖宗家法不允许杀士大夫，替代死刑的是贬谪，惩治力度以偏远程度为准则，像苏轼第一次被贬的黄州，虽是中原之外的外省乡下，好歹还在文明地界；而苏轼第二次贬谪，是已经过了大庾岭的惠州，"曾见南迁几个回？"那是瘴雨蛮烟、九死一生的死亡之地。当时苏轼的继室王闰之已经去世，其他侍妾也都作鸟兽散，而朝云执意追随侍奉。

对朝云来说，惠州三年，虽然是瘴乡恶土，却是她唯一一次一对一地拥有爱人。生活是清苦的，"门薪馈无米，厨灶炊无烟"。朝云开菜园躬身耕种，也忙于缝补浆洗，但也有幸福时光：他们一起礼佛论道，精神上互通无碍。苏轼出门访友散步，朝云就在家临帖练字。端午节到了，朝云头插小符，臂缠彩线，里里外外地忙碌着，就像她平日一样满面喜悦，苏轼也开心地写诗记下这场景。然而，"三春桃李，一夜风霜"，在抵惠州的第三年，朝云感染时疫而死，依她死前的嘱托，苏轼将她埋在栖禅寺。

儿子夭折的时候，朝云已经死去了一半，剩下这一半，她用来照顾陪伴她爱慕的人，一直到生命的最后一刻。死亡，对这个孤女来说，就像回家。她孤零零地来到这世界，又一个人上路了。

苏轼有一首闻名遐迩的悼亡诗，是怀念原配王弗的，诗云："十年生死两茫茫，不思量，自难忘……千里孤坟，无处话凄凉。"然而，王弗葬在家乡父老身边，与公婆坟冢相邻，环绕着丈夫手植的松树林，也有邻人亲友照拂坟地。相形之下，朝云无父无母，无子无女，独葬在故土千里之外的海角天边，这才叫"千里孤坟"吧。

但她活在她爱慕的男人心中。苏轼想念她，写了《西江月·梅花》，以梅花的高格来感怀她。"玉骨那愁瘴雾，冰姿自有仙风。海仙时遣探芳丛。倒挂绿毛么凤。素面翻嫌粉涴，洗妆不褪唇红。高情已逐晓云空。不与梨花同梦。"

这首词，是一曲《清香落》，梅英的清香缓缓浸润人心，赞誉中透着怜爱。这个海仙派遣来探梅花的绿毛幺凤，就是罗浮凤，又名倒挂子、梅花使，是一种调皮可爱的小鸟，喜欢倒挂在树枝上。苏轼爱鸟，苏轼的母亲程夫人，信奉佛教，忌杀生，家里的小鸟都敢把巢筑在很低的树枝上，孩子们出入其中，悠游快乐。苏轼有过亲近田园的快乐童年，这也是他漂泊不定、起伏不平的动荡人生中，念念不忘的失乐园。绿羽翠尾的罗浮凤，也在词里陪伴着同样娇小活泼、爱穿蓝绿色衣服的朝云。

苏轼这一生都无视规则，他以诗境入词，写书法时，执笔都不遵循常规。同样，他对歌伎出身的侍妾，也只看见她的本质"敏而好义"。他的"高低"，不是出身而是品质。想起过去看冒辟疆的《影梅庵忆语》，心中每每生厌，那是一个自恋的男性在把玩和炫耀女性对他的献祭。

我看苏轼，心中始终有底，我相信，一个有着严肃道德自律的人，才能在将死之际安慰哭泣的家人："吾生无恶，死必不坠（我没做过坏事，我不会下地狱）。"这是一个良心清白，完成了自我确认的人才能拥有的自信。我感慨的是：他这一生，曾经这样浓烈地被仇恨、被热爱，曾这样残酷地被剥夺，又曾这样丰沛地被赠与。他交付这世界的，是这样多，获赠的，也是。他的舌尖，品尝过如此丰富的世味，这是怎样酣畅淋漓的一场红尘来去啊。

五

朝云死后五年，苏轼蒙赦北归，残酷的流放生涯，毁损了苏轼的健康，他两鬓头发脱尽，说一会儿话就要眯眼休息。友人叹："不复是当年的子瞻！"弟弟问他坟墓选址的事，他说："无不可。"死前，维琳方丈在他耳边大声提醒他勿忘西方，钱世雄让他用力早登极乐世界。苏轼道："着力即差（用力就错了）！"建中靖国元年（1101年）七月二十八日，苏轼溘然而逝。十七年前的同一天，也是一个烁玉流金的暑日，他和朝云的孩子死在旅途。苏轼这辈子和了别人那么多诗，这次，他以死亡和了另外一个死亡的韵脚。

苏轼这一生，爱美酒、爱美食、爱美女、爱美景、爱美丽的笔砚书画。他的爱随处生发，不拒琐物碎事：赏花、品茶、炼丹、观星、烧墨、种田、栽树、酿酒、玩石……他热烈慷慨地爱着一切可爱之物，"凡物皆有可观。苟有可观，皆有可乐"。最后他到海南时，无酒无肉，手边只剩两卷书，后来连墨都要自己烧制，心爱的女人已经死了。他曾劝热衷收藏的王诜："君子寓意于物，而不可以留意于物。" 去爱，但不要过度执着于对外物的拥有，看穿了人生暂寓的真相，就可以回归生命的本真。这是他对美食、美物、美女，最后也是对肉身的态度。他泛爱天地万物，也与它们融为一体，以最入世的方式获得了出世的自由。

他真的不复是当年的子瞻了。乌台诗案时，他吓得不敢出来迎向抓捕他的御史，在狱里他那样惧怕死亡。现如今，二十一年过去了，就像朝云释放完对他的深情，苏轼也释放完对尘世的深情，可以随缘而去了。但凡全力活过、爱过的人，如朝云，又如苏轼，才会坦然迎接死亡："故善吾生者，乃所以善吾死也。"

六

苏轼给女人的诗词中，以写给朝云的最多。他确实喜欢她，但也因为：她正逢他走向生命与仕途的末路，往日朝堂上磊落无私的义理之争，已经沦为政客争权的打斗，他恍然梦醒，只觉心累。加上宦途颠沛："坐席未暖，召节已行。筋力疲于往来，日月逝于道路。"做"鸿"飞了一辈子，他也渴望秩序井然的家庭生活。晚年孤身贬在万里炎荒之中，像大多数老人一样，他开始恋家，他越来越依恋这唯一的伴侣，祈愿"佳人相见一千年"。如果在青壮年时期，他未必能这样把视线牵缠在一个女人身上。就是在黄州时，他还写艳词怀想之前的侍妾、歌咏别人家的美妾呢。

粤剧中，有《苏东坡梦会朝云》，类似于唐明皇借幻术重见杨贵妃的情节。东坡醉后睡着了，朝云从花丛中轻移碎步而来,与东坡抱头一声:"相公!"苏轼比朝云大二十六岁,彼时已经是苍颜白发的垂垂老者,而这个东坡满头乌发,另外,这个朝云热切亲昵的身体语言,并不是侍妾的礼数,也没有"敬"的质感。想想广大人民群众真是善良,他们都想把一段你侬我侬、同龄人平等相爱的美好爱情赐予朝云,我们无视事实不行吗?

七

我写这篇文章,搜集资料有点辛苦。苏轼本人,一生写诗二千七百多首,文章四百篇,词三百多首,其中与他弟弟和诗据说有几百首,但写女性的诗词,就算给朝云的最多,似乎也只有六七首,再加上他弟子、朋友提到的,我只能勉强在各路男性的笔墨碎片里,一点点打捞和拼贴出一个影影绰绰的朝云。

在漫长的封建时代里,女性无法拥有清明的主体性,她们被扼住喉咙,只能被看见、被抒写、被记录,被动地活一场。大概要有中千万大奖的运气，才能投胎成一个李清照吧？生在文学昌盛的年代，备受宠爱长大，父亲和他的朋友圈都是大学者或文人，母亲是宰相之女，夫君是宰相的儿子还敬慕呵护她的才能。她是历史上难得地长出了声带，面目明晰，有才情和途径自行记录下情感与生活的女性。

这几天在读托芙·扬松的传记。扬松有个艺术才能出色的母亲，为了做她父亲的贤内助，自己未能很好地发展。扬松本人再不想重蹈母亲的覆辙。她最爱的是她的工作室，那是她与世界建立良好关系的锚。她不愿意做男性的红颜知己，她想自己发光。她说她不想再欣赏日出，她要做太阳。另外一个，是英国的传奇女编辑阿西尔的自传，她们那代人是第一代职业女性。快九十岁的她，毫不避讳地谈论着爱情和性，婚外的、婚内的，白人、黑人……都有。有时精彩但也不是什么天大的事——随着生命体验的面积扩大，层次加多，"男女"变小了，"人"变大了。和"人"的精彩纷迭相比，"男女"都是微末小事。还有安妮·埃尔诺的

《相片之用》。在书里,她记录着自己与一位四十多岁男子的欢爱细节,照片里,是散落在地上的蕾丝内衣、尖头高跟鞋,那年她六十三岁。

朝云,你可知道?近一千年过去,女性可以自己安排自己的生活,再无须以男性的观看来印证自己。我们的心也可以很大,很大。

寸

步

翻看过去几年的日记，匍匐在巨大的阴影之下，记录了些日常和花事，勉力找出微隙里的光。但是，仍然能感到词句的缝隙里，那种恐慌无依。字里行间，像被扼住喉咙，有很多想说又说不出的话。古人说出行困难，叫作"寸步难行"，那几年，因为陪读，几乎没有远行过，但"寸步"还是可以走动的，逛逛家门口的市民公园，去郊外骑行看石刻。有时连小区也未必能出，那就看看邻居家的小花圃，植物每天都有细微的变化，它们在囹圄中营造出生命的动感。千里奔至大好河山，生出壮美辽阔诗情很难实现，幽微静观的词心，倒是更合适此时此地。那我就记录一些寸步所见吧。

江 南

可 采 莲

老北京人每天早起,这边打扫除尘,那厢就开始扇风起火,炉子上架上茶壶烧水,等水滚了,家里也拾掇干净了,眼中净、心也静,停了手,滚水入杯,美美地享用一壶热茶……这种场景,我常在老北京民俗或小说里读到,以至于我觉得这接近于评书的开场白,那声响板,早起,是一天,也就是每个生命小单元的开启,是有仪式的。

我当然也有,我习惯性地煮咖啡、烤面包,摊开书抄一段。过去在家里囤了很多纸，是给皮皮打印卷子、画画用的，现在她们学校直接发讲义，画室都是用专用画纸，这些纸就成了占地方的冗物，我拿它们练字。早晨把一摞纸从沙发下搬出来，用打格器画出一道道隔线，摊开书——一开始我抄字帖，后来我即兴抄书，抄各种好玩的书：花谱（我喜欢古代花名）、民俗志、草木书、茶经、香谱等等。前阵子我在阁楼上理书，翻到一本小时候看的赏花辞典，循月收了很多写花的诗词，就拿下来抄。

我努力追赶日月的脚步，现在真的已经抄到五六月了，差不多和我的日子同步了。这样我放下书本，就能去楼下看书里提到的栀子或蜀葵。这本书有一半的厚度都给了春天，毕竟，宋人最爱的梅花（正月、二月），唐人最爱的牡丹（三月），还有最宜入诗的海棠、梨花、杏花、桃花、杨花，通通都集中在春天。今天早晨，我抄到了夏天，一上来就是一老拨子《采莲曲》，全是南朝人写的，南朝乐府民歌中，写得最多的就是荷花。南朝定都在南京，我感觉她们都是在玄武湖里采莲（错觉，采莲是江南旧俗，遍布吴楚越三地）。

南朝时，没有经历过后代若干次围湖造田，玄武湖的湖面还是很开阔的，所以，六朝时常以玄武湖作为水军的泊地和操练场所。宋代时，中国气候变冷，写梅花诗的都挪到淮河以南了，江南水位也降低了。熙宁八年（1075年），湖中淤堵，当时的江宁知府王安石，奏请在湖中："开十字河源，泄去余水……使贫困饥人，尽得螺蚌鱼虾之饶，此目下之利。水退之后，分济贫民，假以官牛官种，又明年之计也。"不疏浚，却挖河泄水，围垦造田，为了获得短时的荫溉之利和政绩。

气候、地表变化、人为因素……在多方面的影响下，如今的玄武湖水面，只剩下六朝时面积的三分之一。现在的瘦身版玄武湖是开放景区，常有人在那里跑步遛弯，但也仅限于环湖逛悠。我读程千帆回忆录，据说在二十世纪三十年代，玄武湖的樱花谢了以后，每每还能买到应季樱桃，满湖都是荷花，湖上有游船，不是划桨，是渔家女撑船,听着颇有野趣,不知能不能"误入藕花深处"。现在划船都是局限于小块水域,想"度手牵长柄,转楫避疏花",在荷风碧涛之中穿花而过,衣袂生香,那就十分难得了。

然而,那天我路过玄武湖,非常吃惊地发现:湖里多了一条路!我眼神不好,以为是清理水藻临时搭建的竹桥啥的,走近一看,居然是一条新建的入湖栈道。走上栈道,我第一次离荷花这样近,现在开花的是睡莲,但真正的荷花,它的荷叶已经亭亭出水了。我看见前一天下的雨落在那荷叶上,映着天光,那些穿过我午梦的巨大雨声,变成了荷叶托住的水洼,像是贮存在这些荷叶杯里的时光。

看着荷叶,我想起来,还真有一种荷叶杯,它源于唐代的碧筒饮,就是采刚出水的荷叶盛酒,将叶心捅破,然后从茎管中吸酒,"言酒味杂莲气,香冷胜于水"。这荷叶就被称为"荷杯""碧筒杯"。如果是在临水的场景里,就更添趣味。"花底忽闻敲两桨,逡巡女伴来寻访，酒盏旋将荷叶当。"写的就是渔家女在采莲时，摘下荷叶盛放自酿的农家米酒对饮。人工的荷叶杯，有金银的、竹雕的、瓷的、玉的，举杯时，好像真的就沾染了荷的清气。苏轼被贬海南时，手边最后一个舍不得卖掉的爱物，就是一只白玉荷叶杯。

我见过用作茶具的荷叶杯，电视剧《梦华录》里有一个场景，就是赵盼儿点茶，茶具中，我看见一只装茶叶的荷叶罐。和茶有关的荷叶茶具，似多是淡雅的青瓷，边缘微皱，卷拢如嫩荷叶，但是，只有大自然才能调出眼前这新叶的绿，比岚色、竹翠、水绿都深，但又比柏绿要浅的芰荷绿。它只能是为初夏淡碧的天、新荷的红而生——荷花是难得的花叶俱美的花："惟有绿荷红菡萏，卷舒开合任天真。此花此叶常相映，翠减红衰愁杀人。"荷花的花与叶，会同时用来形容美人，荷叶罗裙正好配绣面芙蓉。只有莲花，诗人会专门为它的叶子写《看叶》诗："看花应不如看叶。"他们觉得，荷叶染露的香气比花更有清韵，"藕叶胜花香"。

接着，我看到惊飞的白鹭，掠过了娇黄的睡莲，就和诗里写的一样。

身处湖中，和立于湖畔，感觉迥异。远眺的湖，只是身外物，和四面八方包围过来的湖，是不一样的。有了这么条栈道，现在，我一伸手，真的就能摸到翠生生的荷叶了。玄武湖里的荷花和睡莲混植在一起，睡莲的叶子，贴水平平一片，有个V字缺口，而荷叶是高高出水的……荷叶手感毛毛的，梗上有细刺，难怪博物馆里常见的粉彩荷叶吸杯上，有模拟成叶梗的吸管，那吸管上确实有瓷烧的小刺。

入湖栈道让我走进湖中，走近真切的荷花，更直接走入采莲诗的情境之中。

天啊！早晨我抄《采莲曲》时还在暗笑，那么多"荷丝傍绕腕，菱角远牵衣""露花时湿钏，风茎乍拂钿""锦带杂花钿，罗衣垂绿川"，淡妆、罗衣、锦带，又是钿又是钏的，这是仕女游湖还是采莲啊？

采莲，在古代，有时是劳动，就是采莲藕和莲子供出卖和食用。后来，它也是一种娱乐性活动。采莲女，在汉代是劳动妇女，到南朝是宫女和仕女。采莲曲，一开始是"劳者歌其事"，就是采莲女在干活时群歌互应，到南朝，成为贵族宴乐的轻靡艳歌，一直到唐代，才从宫体诗重新变为民歌，恢复了健朗活力。随着南风北渐，北方的宫廷里，也常常有拟江南生态的荷花池，皇帝也会听这些江南民歌。对了，《甄嬛传》里的安陵容，就是唱着《采莲曲》踏歌而来的。

我把荷花诗一路抄下来，发现六朝的荷花，多是夏日盛开的红莲，采莲人是着罗衣的宫女，再往后，从唐代开始，有了晚荷、残荷、凋荷、月下荷、雨中荷。荷花的精神意味，开始从艳丽芬芳变得高远清贞。

但是，《采莲曲》中，不管是渔家姑娘还是宫女，人与湖，都是一体的。她们摇橹采花，唱着小曲，穿行在荷香莲影、叶卷花舒之中，双桨剪开波光，荷花玉面交映相照。荷花花型大，会把人遮住，所以才能"笑隔荷花""莲花乱脸色""莲花过人头",和情郎嬉逐,衬出少女的娇羞。江南水网密布,遍植莲藕,"莲"通"怜","丝"通"思","藕"通"偶","芙蓉"(荷花)又暗指"夫容",在古代常用来象征爱情。采莲多半和兰舟、桂桨、娇憨的少女、思君联系在一起,都是些美好鲜洁的意象。

但其实东晋、南朝是个战乱频繁的乱世,朝代更迭,充满了刀光剑影的杀戮,而正是这血色弥漫的时代,欢唱着《采莲曲》,清幽淡远的山水诗也开始形成。《陶渊明传》里,有小半本都是军阀交战史,如果看不见前半本那些夺权的惨烈,就无法理解他对平静生活的渴望。"悠然见南山",悠然(松弛)、见(没刻意寻找)、南山(大自然),每个字都是踩着血脚印走过来的。

那我为什么要天天抄这些东西静心呢?不就是想在眼前喧闹的世界里,求得一角心静吗?

众 生

2022 年

晚上回家,在僻静无人的紫藤架下,略坐一会儿。近日的各种新闻,像炎夏酷暑极热的那个高温点上聒噪不止的蝉鸣,一波波袭来,让人烦躁心累。此刻,让心静下来,不远处的车流,依稀流淌如江涛,偶有行人走过,花香微漾鼻底,这是一年中最美好的嗅觉小酌之一。

远处有极细微、几不可闻的动静,草丛深处,伏着我的老朋友们:小黑咪、狸花咪、黑黄咪、大胖橘……它们秉持野猫的脾性,和我远远地保持安全距离,若即若离。即使是在被喂食时,也是等我放下食物走远后,才凑近过来,一边吃一边抬头看,随时准备撤离,非常警觉。

可是,我知道它们都在。

年三十的晚上,从妈妈家回来,冷雨夹雪,满脚泥泞,我被连日的陪读、奔走、准备年菜等杂事耗得精疲力竭,举着伞,拖着步子走回家。远远地,那辆白色小车下,我看见一排小腿:狸花纹的、白的、黑的、橘色的,都躲在车下面,整整齐齐地,在那里等着呢。我立刻小跑上前,给它们打开准备好的鲜封包、罐头,每只猫一份套餐,几个毛茸茸的小脑袋,埋头吃起来。

我们这几幢楼应该有三个人在喂猫,虽然我不曾见过那两位,但是我能感觉到她们的存在。一个可能年纪大些,用纸碗盛了煮好的猫饭,每天晚饭后放下来;另外一个,放的是猫粮,沿着小路撒开。我们像是有默契,她放足了,我就少放一点;她们喂饭粮,我就喂鲜封包。

但是到了过年前后,那两个喂饭点都是空的,我想可能是那两个人回家过年了。所以，我每天都按时巡查小猫出没的点，寒冬是流浪猫最害怕的季节，它们常常死于饥寒交迫。每年，保洁员都能扫到野猫的尸体。我一边放食物一边说："你们知道今天是过节吗？来，我们吃好一点，希望你们能撑过这个冬天。"我有一个朋友，在返乡之前，特地给她喂的猫留足了自动喂食机的猫粮和水，还细心地撑起了一把小伞。

最近，在妈妈那里，坐在窗前看书时，总听到细弱的喵喵声，打开窗子，看见有小孩趴在地下，对着我邻居停放的车底下看。晚上皮皮对我说："哇，是小猫！不止一只呢！"我突然明白了最近那阵阵警戒般的低吼和奶音。

我们赶紧带上猫粮、罐头和水下楼。猫妈妈把身子弓成一个"L"型的肉盾，护住小猫，低吼警告我们不许上前，我们放下食物和水，上楼观望。猫妈妈先让小猫吃，一只体型壮点的小黑咪呼呼地吃着，有路人脚步声来也无视。另外一只细弱的黑白咪，一有动静就躲回车底,然后妈妈又唤它出来。等孩子们全吃完,猫妈妈才狼吞虎咽地吃它们吃剩的,过了一会儿我去看,因为夜深,人类都休息了,胆小的黑白咪跑出来,拼命舔着地上剩余的罐头汁。我上楼下单幼猫奶糕和猫粮。

皮皮她们学校,最近也跑来一只小狸花,大概是饿急了,并不避人。皮皮把早餐带的牛奶给它喝,又有个男同学,牺牲了午睡时间,折了小盒子给它放食物。小朋友天生有护生怜弱之心,而我视柔软的心为可贵的天赋之一,它将会在人生最纷乱的时候,让人被万物慰藉。

这几日,我那本已很稀薄的睡眠,每每总是被鸟鸣惊醒。住处近山,飞鸟甚多,鸟语此起彼伏,先是燕语窃窃,继而愈来愈密,在天未亮的黑暗之中,用高音照亮了天际。我坐起来,接着看昨晚未读完的一本琴书。鸟们像参加演出,也有不同的登场次序,凌晨是一拨,八点又来了一对,是在北窗下的大山雀夫妻。它们是我的旧相识,年年都来。在暮春前后,早春的桃花、紫叶李、樱花、碧桃,都悉数凋落,郊野红稀绿遍时,它们就飞到我家厨房外面做窝了,每年给我上演一场"无可奈何花落去,似曾相识燕归来"。它们振翅往返于春树和幼鸟间,扑腾翅膀,来回腾跃,喂哺雏鸟,十分辛苦。有时,是在我的抽油烟机管道中,我干脆就不用它。四、五月,吃水煮,正好清淡宜肠胃。

个体的力量何其微薄,常被卷入世事旋涡之中,被碾轧和吞噬。也就是在此刻,还能给弱小一点点庇护。

看书看累了,下楼,去楼下小花园找个木椅坐坐。这个季节的静坐,简直是赴宴,紫藤方歇,蔷薇登场:家住一楼的邻居,把院落围了一圈竹篱,搭了攀爬花架,上面起伏着各种蔷薇和月季。四、五月,正是它们肆意盛放之时:水红的粉团蔷薇娇弱扶风,深玫色的七姐妹花,挤挤挨挨地像在耳语,还有焦糖月季,那甜蜜的焦糖香槟色,真是浓稠欲滴,又有花瓣层叠的龙沙宝石,如搽了粉一般,脂光闪烁,生生把小区变成了小型怡红院。

怡红公子确实与如瀑般的蔷薇科植物相配：他住在花砖铺地、满墙珍玩、精致迷离的怡红院，窗前是娇美的海棠，吃玫瑰卤子，喝玫瑰清露，就连院子外面，也种满了月季、宝相、玫瑰。宝玉就是在密密麻麻的花篱枝叶间，看见龄官在蔷薇架下，流着泪用金簪画着"蔷"字。那正是五月间的事……四、五月，晨起绮窗下，对着"水晶帘动微风起，满架蔷薇一院香"，微风徐来，心无闲事，正好，妹妹今天也没和他怄气，估计也是颇为愉悦。然而命运还在兀自布局：曹公给他这么极尽繁花炫目的锦绣屋子，就是让他一步步地看破人生，破解迷局，得道了悟：色即是空。

这邻居家一侧临河，杨柳依依，几无行人，我绕到这一侧的小路上，走在幽径花墙边，清香幽静。我又踱到墙角，发现一株香草，勉强能辨识出是唇形科的，具体不知，主人不在家，也没法问……这两年听说各行各业都在滑坡，但欧洲月季却卖得不错（不知道是否属实），大家出门不易，都改发展园艺爱好了。一是外界纷扰，借草木息心宁神；二是既然不方便出游，那就在眼前创造一个华丽的远方吧。又乱逛了一会儿,另外一个邻居,则是偏爱树形月季,还给它建了塔形木架,此际,也开放了。

这个纷扰不宁的春天啊,远方新闻,覆盖了本来微尘不扬、清明无尘的季节。本来,这是一年中最美好的日子啊,让我躲在一隅,享受这季候有序中的安宁吧,哪怕它是局部的、脆弱的。

平淡的日子是可贵的:丰子恺画过一个癞六伯,这老人每天卖完东西就去喝酒,喝完了就在桥上骂人,一听他骂人,丰子恺妈妈就知道到做饭时间了,如同听到鸡叫一般。这喧闹市声,正是万家烟火、如常流年的一片小水花,无法正常工作的那些年,丰子恺躲在书房,画下了这幅《菜市声喧眠最稳,饼师叫过日将西》。

又读到一篇叫翡翠笛的。就是孩子们去乡下玩,在路边摘了蚕豆茎和豌豆茎,先把蚕豆茎去掉梢和叶,审查着音的高低,按着音阶掐洞,挖出一个个的小洞,再装上豌豆茎，吹起来就可以发出高低不同的声音，像是个春光即兴版的竹笛，大人小孩都玩得不亦乐乎。到晚上，这个翡翠笛就枯萎了。

我觉得这个故事特别契合艺术和人生的真谛。艺术，无论是磬音焦尾的珍品古琴，还是路边采来的弃枝茎笛，器，并不是最重要的。艺术是技发乎心也成于心，以生命的扬扬活力去养出一阕心曲。丰子恺对孩子溢出模板的生命力，只觉得新鲜有趣，非但不打压，还饶有兴致地记录下来。比如瞻瞻穿大人的衣服，软软扮新娘子，蚂蚁搬饭团等等。但凡对生命有深刻理解力的人，都会欣赏这自来无拘的活力。就像是芳官拿糕喂雀子，晴雯撕扇，旁人觉得她们肆意骄狂，宝玉却欣赏那份活泼健旺，尚未被礼教规整掉的生命力。丰子恺、陶渊明都生于乱世，他们在漫天的战火动荡之中，发现角落里微小闪烁的生趣，安放了一颗心，获取精神的家园。

春夏之交，美如绝句

我虽然爱着深秋之隽永，但也觉得春夏之交的时光，是一年中体感最舒适的日子：空气中有薄薄的云层可以蔽日，早凉中去买菜，一点也不晒；时不时落点小雨，把浮尘都洗尽了，天地一派清明。视野像是擦干净的镜头，万物纤秀可爱。

任何时间段，空气都是香的，紫藤的粉香、楝花的甜香、香樟的清香、槐荫的幽香，还有满墙蔷薇随风飘香。书桌上白色的风铃草，一颗颗鼓涨起来，隐隐有皂香。草头嫩时，炖好一锅河蚌汤，撒一把上去添香。等草头老了，蛤蜊就肥了，清早去菜市场买一斤，打一盆清水，搁了油盐让蛤蜊们吐沙，中午拿来做韩式海鲜汤，吃个痛快。

春夏之交，美如绝句。绝句都不长，像抓拍，有很多绚丽的时刻，一晃而过的情绪，隙中驹般的视觉瞬间。春夏之交，随手掐个瞬间，都是绝句。绝句即兴而起，短而有味，嚼来余韵悠长。

比如：早起送小孩出门，窗外有稀落的雨声，天色被雨云遮住了，老也不亮，也没有晴天那种银质明亮的欢快鸟鸣。于是，我昏沉沉地，又睡过去，脑子里想着有一句诗挺应景，总也打捞不出来，睡醒了，那句诗突然浮上来，是"雨暗初疑夜"。

又如：春天的风很大，洗了衣服都不敢晒出去，怕被吹跑，入睡时耳边还是风声猎猎。做梦，梦中也刮起极大的风，头发被吹得盖到脸上来，然后我被吹醒了，一时不知是醒是梦……现实的风吹进梦里，与梦境连成了一整块。

还有：两棵野树间，有人随手给牵了绳子晾衣服，后来又不用了，那根被遗忘的绳子上，悄悄地爬上来一枝野蔷薇，热油嗞啦地开了一路，轰轰烈烈拉开一面花幕。虽然花期短促，但每一朵开得都认认真真，不敷衍。春天，就是草木一笔一画写给天地的、阅后即焚的情书。

再有：河边，晚樱碎英满地，青枫绿意满涨，一只小野猫趴在桥栏上，静静地看着河水。它转过脸来看着我，它知道春天很快就要过去吗？它知道自己猫生短暂吗？至少这一瞬间，它是快乐的。

又有：有一天我在树下走，听见雨声淅沥，却没有雨水落下来，是被道路两侧树叶交织成的叶子层顶给挡住了。它们真能长啊，我穿过这树叶的骑楼，想着：春天是这样年轻热烈的季节，等到冬天，树们会还给我一片完整的天空。

读诗集，在黄州，冬天落了雪，苏轼一大早就急急去赏雪，他不让牛羊踩踏，"未许牛羊伤至洁"。又有一个春天的晚上，他酒喝多了，在回家的路上，醉意昏沉，干脆下马解鞍，在桥上枕鞍小歇……他本想策马到草地上睡的，但"可惜一溪风月，莫教踏碎琼瑶"。他直接睡桥上了，怕马前行踏过溪水时，踩碎了水里如美玉般的一溪月华。还有，更广为流传的："只恐夜深花睡去，故烧高烛照红妆。"

月色、雪、花，分文不花却又无比珍贵，不须买却又不可久留。一颗敏感的诗心，遇见了美，是那样地喜悦珍惜，才会说出"莫教踏碎琼瑶""未许牛羊伤至洁""只恐夜深花睡去"这样的话。就是因为对美的爱惜，而美又那样不可据，他才会写了那么多诗，"欲将诗句绊余晖"吧。文学的功能，原是对美好时光的不舍与挽留。诗，就是不忍之心。

生命中，会偶遇这样的片刻。无心而来，无法经营，飞临在尘俗的日子里，完美却又易碎，只是瞬间之旅。春夏之交这些美如绝句的瞬间，就是这样。它们让人生出不忍之心，哪怕只是短时的，也想留住它们。朋友圈里，每天都有人爬山涉水，赴春日之约，追着花期拍花，写春天笔记，赶着喝新茶、吃春菜，都知道这种日子像掐出的一点茶尖，一年也没多少天。原来，大家都有一颗不忍之心啊。数码时代，信息影像储存易如反掌，但如果没有进入生命体验的层面，就只能留下事物的躯壳。每个瞬间，在初见心动的时候活一次，想起的时候再活一次，成诗之后，活无数次。

我重新感觉到

万物的重量

2022年

吾等平民的恩物，除了电驴，当然还有共享单车。此物随开随骑，随停随丢，是最无负担的交通工具，在春秋无风雨之季，尤其美好。

正逢仲秋，骤寒之后，昨天出了太阳。给皮皮晒了被子、床垫、枕头，洗了积压的夏天衣服，和夏天说再见。蝉嘶蛙鼓全歇，天地俱静，中午的太阳是秋阳的明朗干爽，我幸福地睡着了……午睡起来，突然很想在绿色很多的地方骑行，很想很想，那就出发吧！马上换衣服，下楼，坐车到东郊。

在街边开辆共享单车，骑上就去访石碑。一边骑，一边听《华夏意匠》，在建筑理论书里，这本书用字简明，内容肥瘦恰好，很适合听。行文中书面用语密集，古意盎然。文采斑斓的理论书，或是阐释图例，必须配图同读的书，比如建筑解读、绘本详解之类的书，更宜于看。眼观秋色，耳闻妙文，呼吸着带桂香的空气，身心极度愉快。

人与人有投缘与否一说，人与地区也一样，有气场相和或相斥。我一入城东，就呼吸顺畅，胸怀大开，像是打开了灵魂的Wi-Fi，接通了天地雨露的灵光。一直认为，南京的神韵在城东，东郊青山翠意满满，山岚四溢，间插着遗址、墓址、石刻、城墙之类的人文景观。常见小小市民公园，主题是个石碑、古墓、神道、遗址之类，遍植草木，时有跳舞的、练拳的市民，或者是几个老人家在碑边吹笛拉二胡，今天碰到两个吹小号的。话说大家也太不和文物见外了，一位女士居然在明城墙上攀岩，拿六百多岁的老墙砖来玩户外了，最后上不去下不来，

报警求助。（记不清有没有处罚了）

在南京，文物都和活人相处无间；朋友小时候上厂里的子弟小学，旁边也有个南朝石刻，个位数年纪的小朋友和一千多岁的老辟邪，朝夕相伴；沿山有些明墓，很多年前，连栅栏都没有，还有人在神道旁边遛狗。在博物馆看金饰，我对皮皮说，哦，就是你大姨家楼下出土的，另一个著名南朝古刹，离我闺密家小区不远。

像灵谷寺这种游客甚众的景点，稍微往深处走走，至秋叶无人扫处，就是林森故居这种私家专属的残垣断壁，有些等级低的文物，屈居于草丛中……虽说没人对它们肃穆以待，但它又默默地造成了某种古典景深：只要有风化剥落的南朝麒麟存在，金色的秋天，就会被风吹响，树叶就会摇晃出金属质感的脆声，木芙蓉半凋的样子，就愈发像一阕残词。然后我就会想起来，逆光中银蓝色的芦苇，它在古诗里的名字叫"蒹葭"。

最重要的是，它不是千里奔赴的度假风景，不是逃离都市的背影。在南京，常常是骑行不出十分钟，眼前就轮换出现山水、古碑石刻、现代大学、美食广场、购物中心、地铁高速。上班路过或者是等红灯的人，会停下车，以脚点地，拿手机顺便拍张《雾锁金陵》之类的照片，然后继续赶路，也很随意。古与今、人间烟火与魏晋风神、墓地和活人，这样糅杂贴肤地相处着，我还是挺喜欢的。

出了公园，随便朝着个方向，乱骑过去，远山迤逦如画，郊外空旷的马路上方，悬着秋天的云。吹着秋风的我，就像那个南朝石兽一样，昂昂而立，简直是元气满满，那石兽的线条真是矫健漂亮！如果皮皮也在，一定会喜欢的。可以让她画个速写，练练线条。真想念皮皮啊！事实上，每天和她在校门口道别时，我就开始想念她了。

三日后，天气持续晴好，体感舒适。我继续骑行，计划去另外一处南朝石刻公园，车程一小时左右。我骑过了几所大学，郊区的大学，学区都非常大，学生上课时，街道就空空荡荡。我渐渐离开了主街道，进入边缘地带，身边是呼呼开过的大货车，飞驰赶路的电动车。已经看不见骑单车的人了，我感觉到郊野勃然而出的荒蛮。

一片片砖石凌乱的工地，让骑行变得颠簸，一座巨大的立交桥出现在我眼前，下面的路还在建，没来得及铺水泥的地方，搭着木板，我感觉到小单车的轮子与木头涩滞的摩擦。又骑过一座大桥，下方不是水，而是密密匝匝的树林，我停下车，俯看着这片树叶海，这个季节的落叶树，已经变色了，我感觉到斑斓微漾的叶滔；还有掠过林梢的鸟，它们穿过秋天，并在秋天里喊出自己微弱而坚定的存在；有对着天空喷水的雾炮车开过我身边，喷射出水雾，于是，一道彩虹啪地挂在我面前，然后这一路，我前方都悬着彩虹。这一刻，我知道，我爱着这世界。

因为有点急事，我必须得回家了。没看到石刻，但是这秋天的天、水、树林，那些活在秋天里的鸟，还有因被使用而酸痛不已的身体，都让我从因重复而失重的日常里，小小地出走了一次。我重新感到了万物的重量，这存在的重量，让我愉悦。是的，我知道，我爱着这世界。

绝大多数事情

都发生在言语之外

一个杯子,每天用的。最常见的米白色直身保温杯,外形平直到不会被人多看一眼。

然而,与之耳鬓厮磨的我,心知它诸般好处:那十四厘米的身高,两百二十毫升的容积,正合我比常人略小的手型,以及嗜喝咖啡的生活习惯(喝水或是茶的人会嫌小);杯身是磨砂隔热的,壶里倒出的滚热咖啡,经它转存,就成了杯壁温热的触感,这温热加上磨砂的涩滞,合成微妙的手感,使我在写文时,常拿它摩挲把玩,助我文思;金属杯口加了一圈隔热材料,咖啡入口不再烫嘴,一口,又一口,如同和爱人一同走到浓荫的树下小路，有一搭没一搭的，说点像远方雨声一般淅沥落下的闲话。

它的杯盖，与杯身同色同质地，但是做成了起伏不平的立体冰裂纹，它让我想起苏州园林里的花窗——窗，就是园景的画框，窗与景耳语呢喃，相依成画。线条简洁的方框、八角窗这类窗棂之外，往往盛开着花繁叶茂的植物，比如樱桃海棠，或是花枝遒曲百态的紫藤，使注意力合理分布。同理，这个通体米白色的直身杯，正因为这个冰裂纹的杯盖，让视线微微被冒犯，心底也起了微澜，入目不是那么乏味了。而从使用角度来说，这个设计又能加大摩擦力，旋开杯盖时会更加省力。杯底也很老实，就是平底微凹，但也足以让它稳稳地站立，不会把热饮泼出——这立点沉稳是我非常欣赏它的地方。之前的保温杯，为了显得可爱玲珑，设计成了圆盖圆脚，材质又轻滑，不知倒了多少次，弄脏了我多少件难洗的冬衣！

玻璃类的杯子，无论多美都易碎，且在我们这种冬季至少有四个月的地区，使用季节太短，弃之不选。北欧风的陶瓷餐具，近年颇为流行，但是它们多为敞口，难以保温，我家室内没有暖气，咖啡凉了，口感损失太多。如果加软木或玻璃杯盖，影响整体线条美。配电子保温杯垫？太烦琐。手作陶制器皿，这些年也很流行，但价昂的东西，止于观赏，根本无法日常使用，首先得专门买个胡桃木储存柜，再勤加拂拭。我最怕保养东西的麻烦，植鞣皮、真皮类的包都不敢用，就怕后续事多……我不是能伺候东西的人。家里收到的紫砂壶具几乎都没拆封。那些需要去养护的高档茶具，远观心赏足矣。户外杯放在家里，像三室两厅的安居户型里蹲着个浪子，一脸的不安于室。而我的小保温杯，旋紧了往包里一塞，瞬间就化身郊游款。

它真的是太随和了，我不但拿它喝咖啡，也拿来喝需保持低温的冰饮、去湿气的红豆水、送药丸的那口热水、运动之后仰口而尽的那半杯矿泉水。乃至起床时直接拎着它去刷牙都可以，因为它是宽口直身，非常容易清洗。自从有了这个杯子，我虽然还是常逛各种瓷器店、日杂店、茶具作坊，但是几乎没有再购买过杯子这类东西。

然而,它最大的好处,是低调且不骄矜,因为外形太平常了,几乎没有存在感,你会忘了桌上有个杯子。它的利他心,都是非侵略性的,不喧哗,不饶舌,只有与它相处,才能意会到那无声而熨帖的体恤。眼睛看不见华丽的颜色和细巧的装饰纹样,耳朵听不到高亢的自我表达,但手明白、舌尖明白、嘴唇明白……心也明白。

我想,它大概长着一颗谦卑无我的民艺之心。以下是我反复吟诵、爱不释手的一段工美理论:"工艺之美是健康之美,不能有逆反之情、炫耀之心和自我之念。好的器物,当具谦逊之美、诚实之德和坚固之质……美术是越接近理想就越美,工艺是越接近现实就越美。日复一日的相处,产生不能分割的情感。亲切是其风情,在于谁也感觉不到的恋恋不舍。持器和爱物一样,如果不爱就无法拥有。亲近器物时,会有居家之感受。这是安全的世界,这是开阔的世界。每天为工艺所围绕,来度过这世上的每一日。为工艺所滋润的世界,是幸运的所在。"(柳宗悦《工艺之道》)

看来，它全方位吻合柳宗悦所列举的民艺之必备要素：具有完全不以自我为中心，撇除肤浅卖弄设计感的"谦逊之美"，厚实耐用的"健康之美"，经摔经打的"不沉溺于感伤之美"。它让美生根于现实的土壤上，正是与尘世劳作相连的"在大地上盛开的花朵"，它生就一张过日子的脸，简直是平淡生活的形象代言者……如果它是人的话，我可能会爱上它吧。话说到这里，我眼前已经浮起了一些友人的脸：她们应对种种世事磨折的沉实努力、略带羞涩的寥寥话语、遥遥相伴的淡淡身影。她们让我在此寄身的浮世之中，也略感安心。缄默何尝不是一种语言呢？

有时因为改稿烦琐，脑力疲倦，就去刷剧，一部又一部，专拣小甜剧刷。我发现，那些午夜街头的激吻、穿过时间隧道的生死不离、手执烟花的剖心告白、各种霸总娇妻的虐恋、公主抱、壁咚、绵绵情话、波澜壮阔的浪漫爱情，都像水滴在油纸上，从我脑海里滑走无痕。然而，我却会被那些几乎不可视的微小动作打动，虽然它们比鸽翅扇起的风还轻。

比如：女主终于下定决心去找男主，只说是过来做生意，他们聊了几句，男孩先离开去工作，走了以后，不舍，又回来拥抱她。男孩个子高，像大多数高大的男生一样，拥抱女孩时会有点微佝，女孩的嘴唇刚好搭在他裸露在T恤外的肩颈上，她就那么轻轻努了一下嘴。我回看了几次，才认出这个啄在肩膀上的吻（这种努嘴式的轻吻，我们常常用在孩子和小猫身上，这一瞬间，男生立刻被她吻出了清新脆弱的孩子气，让观众都生怜了）。她奔向他，奔赴向往的生活方式，也奔赴不可知的未来，理性如她，不愿把动作做得声势夸张，也怕给对方压力。但是，爱已经沸腾了，它压不住，从滚热的内心，溢出了这个几乎看不见的吻……从头到尾都是男生在说情话，他如风吹火，灼灼燃烧，而这个女孩的爱，却是急雨滴入静泊，波纹不息的爱。

没办法，正如我总被眼角掠过的一抹云影所吸引，我也总是被无法克制的克制所打动。

与 汝 同 行

在放学的人群里，接到皮皮，拼命跑，就能赶上九点四十那班车，坐在熟悉的座位边，我们又看见那几个同行者。

歌曲里的这类邂逅，通常都非常浪漫：

> 天天清早最欢喜
> 在这火车中再重逢你
> 迎着你那似花气味
> 难定下梦醒日期
> 玻璃窗把你反映
> 让眼睛可一再缠绵你
> 无奈你哪会知

我在凝望着万千传奇

　　愿永不分散

　　祈求路轨当中永没有终站

　　然而，现实版的公交车同行者，格调迥异。

　　有一位中年男子，总是穿一身深色工作服，露出格子领口，带着一个保温包，端坐在夜班车上。

　　他每天都和我们坐同一趟车，在同一站下。他非常拘谨，甚至有些瑟缩。和我们总是坐后排靠窗座位一样，他也有固定座位，就是车后方，被广告板挡住的那个。有个心理测试，是以选教室座位的方式，来判断人物的性格。我和皮皮选的都是边角靠窗、远离老师的座位，我们都崇尚自由，不愿意被过度关注。他选的这个，应该算老师视觉盲区的座位。反正我们都是学渣区的，据说学霸是教室前排中间的位置，想来应该是自信满满，两眼炯炯有神，直接与老师对视，甚至对峙的。现在很多学校调整座位，也是根据这个原则，成绩好的坐前排中央位置，越是边远地区，就越是考试排名低的。

话说这位男子小心翼翼地缩在那里，把口罩取下来，飞速抓了几个零食塞进嘴里，又迅速戴回口罩，用几乎看不见的动作幅度，吃起了零食。如果不是咯吱咯吱的声音，根本看不出他口罩下的秘密。他非常像一个在课堂上偷看小说的中学生。

下了车，他总是跟在我们后面，我忍不住打量了他两眼。第二天开始，他一下车就弯下腰系鞋带，或是整理包，借此与我们拉开距离，躲在我们的视线之外了。

这个形象，有很大的戏剧张力，是个万能容器，如果在电影里，可以是负重慈爱的单亲爸爸，可以是潜伏十五年的连环杀手，可以是暗战中的资深卧底。沉默，就是拧紧的秘密，直通意外。

但是，他不过是个和我们同属学渣区的社恐罢了。

又有一位姑娘,我总是在早班车里遇到她。及腰长发染成黄红色,带着金属的光泽,口罩上印着粉桃花,边缘漏出一点粉腮,身材健美壮硕,丰乳肥臀宽胯,总是穿桃红、玫红色长裙,再衬着窗外的花树成林。天啊,这简直是《诗经》里的"硕人",行走在世间的古希腊女神,活人版的《春》哎!她很高大,动作也就波澜壮阔,每次,她从前排大步走到车后部落座,我感到身边似乎掀起一股香风。她让我怀恋历史上曾经有过的某种健康的审美,比现在流行的锥子脸纸片人好看太多了。身材决定存在感,白瘦幼看上去就感觉主体性极为稀薄和服从,强健的内心,应该匹配强健的体魄——文艺复兴必须千里奔赴美术馆吗?哈哈哈,票价两块钱的公交车里就能邂逅。

还有一位女士,对我来说,是完全抽象又强烈的存在。她充分体现了嗅觉这种感觉机能的特点。相较于其他官能,"嗅觉会直接进入记忆和情感,它的信息由神经传递到大脑里负责情感记忆的区域。记忆会让我们瞬间挪移到别的时间和地点"。那位同行乘客,就是以气味侵袭了我的注意力。每次上车一闻到那气味，就知道她在，虽然我从来不知道，她长什么样，具体是哪位。

车厢里充斥了浓郁的二十世纪八十年代气味。在八十年代，女性可选择的化妆品不多，雅霜和百雀羚，与蝴蝶牌缝纫机、老黑白电视机、永久牌自行车一样，是那个时代的背景道具。它们装盛在铁质盒子里，用小小的铁盖子旋紧保存，放在四抽的五斗柜上。谁没有看过妈妈在镜子前面涂它们呢？它们有种带着土味的浓香，然而那俗丽中又有某种八十年代的质朴，柜子上方挂着港星照片，都是生图，浓眉大眼、血色鲜丽，油性的眼影涂在东方人微肿的眼皮上，腮帮也红红的，似乎能喷出热气，人味十足。

这位同车女士，可能已经上年纪了，她还在惯性地涂抹着这种我暌隔已久的化妆品。然后，我幼年时黑白底色的光影，那些静谧中摆在窗台上的物件：收音机评书里昏昏欲睡的午后、小院子里晾晒的布衣服、自家盖的瓦房、竹篱笆前跑着咯咯叫的母鸡，就在我目前，徐徐拉幕上演了。时间之弓默然收起,我又重回那春日迟缓的少年时代……简直能写一篇《气味记》。

昨晚上车,前座有两位女士,隔着过道大声聊天,听着像商城的同事,其中一个是卖鞋的,正在陈述下午惊心动魄的经历:她遇到了一个小偷。

"哎呀,我当时赶紧调监控,派出所同志提醒我,找找那个女的电话,我一想,还真有,她是我们会员嘛。监控里,就是她,不停试鞋,趁我忙,把新鞋穿走了。"她继续陈述,"我给她打电话,没提偷鞋,就说她丢了东西在柜台,让她回来拿,她推说在街上忙,我说那我只好报警了。她还不肯来,警察就教育她了,让她做个遵纪守法的好市民,又吓唬她,说要给她立案,她只好答应把钱给我。和我讨价还价,我坚决按原价收了,她气得不得了,把钱转给我,还质问我,说你好意思吗?你这是讹我!"讲述者对这个理直气壮的贼愤慨不已,她说着说着就亢奋起来,打开话匣子,开始讲述她卖鞋生涯中遇到的小偷。

"之前在另外一个店上班，一个小姑娘，白白胖胖的，跑来换鞋子，这次又看中一双贵的，比原来那双贵两百多，她一直和我磨价格，趁我转身就溜走了。我去调监控，就看到她，清清楚楚，撅着个屁股，在那里弯着腰试鞋，飞快地放到她那个随身带的空纸袋里拿走了。我打电话找她，她常来买鞋的啊，有VIP卡的。她小姑娘，脸皮薄，我也没提偷东西，就说她忘了付钱，她马上答应转给我，但一定要我按金卡打折，我给她减了六十块。

"还有一个，穿了那个大市场买的，破的不得了的一双旧鞋，跑到我这里来试鞋，试了就不脱了，卡里显示余额不足，把她那个男朋友喊来，卡里也没钱，然后她又舍不得脱，在镜子前左照右照。这时，来了个修旧鞋的，我就招呼那个顾客了，她趁机穿着鞋跑了。那个旧鞋就扔在我们那里。过了一年，我又看见她，我记得那张脸嘛，我就上去拦住她说，哎！你上次穿走了我们的鞋。她不承认，我就说你信不信，我不看就知道你的码数，你那个旧鞋，还在我们店里呢！"女店员愤愤地说，"监控三个月就过期了嘛，我是拿她没办法，但我要骂她的！"

接着她开心起来,一拍大腿,再开新篇:

"今天晚上那个流水(应该是指营业额)多!有个小姑娘,带着个年纪大的男人,哎呀,那个试鞋试得爽啊,左脚试了三十六码,一伸脚就说合适,右脚试了另外一款三十七码的,又一伸脚,还是合适!哗啦哗啦,三双鞋一个包,爽快得不得了,男的立刻就去付钱了。"旁边对话的女士表示担忧:"她会不会过两天来退鞋子,把钱套出来?""不会的,那男的当时就把收据收起来了,她来也只能换。"然后,她和那个女士开始讨论市场员工的午餐券,办了的话,吃饭可以省五块钱呢。

这个女店员,看着受教育程度不高,可是你听她说话,有动作有神气,场景、氛围、作案过程、后续,都交代得眉目清楚,一句废话都没有,起承转合流利生动,还前后呼应。比如那个白白胖胖的姑娘,就是"撅着个屁股",人物已经有点戏谑的漫画感了,而口述者完全没有刻意安排叙事,一切成于自然。她口中的每个小偷,都有自己的行窃风格、人品底色,描述得很有识别度。

我忍不住对女儿感慨：你看，我们现在经过的桃红柳绿迎春花开，那是季候散文，刚才这位女店员的随口闲聊，就是一篇白描精练的世态小品文。世间处处都是文学啊。

均衡健全的世界，应该是各种文体并存，但现在的世界，过于杂文化了——我说的并不是文学，而是一种涉世方式：热文多是杂文属，标题党、有煽动性、意在引发掐架，以便拉流量。读者飞快地跳过文本，急速找到杠点，进入讨论程序，争抢道德高地，碾压批判对方。这个时代的人们，渐渐不会读写散文、小说了。当然，我指的仍然不是文学，而是与世界建构散文化、小说化的关系：少评判，也无须在口舌上战斗不止，只是耐心地去看见和感受真实的世界，在"我对你错"之外溢出的部分，去抚触异己的心灵。对生活铺陈的篇章，不要急于勾画出固态金句，要细品其融于人事的浑然深意。睁眼即爱，止语也是爱。

后

记

既然这是　　　○
我正在经历的
生活

在这里，我想谈谈自己的婚姻和感情生活。

因为原生家庭的缘故，我对婚姻是有幻想的。在我的想象中，那是一个温暖包容的地方，就像我眼界中的一些朋友，她们恩爱的父母，彼此轻声细语，在分居两地时，也鱼雁往返，诉说想念，他们的孩子，取名叫晶晶，意味着爱情的结晶。我想，这样的家庭一定是存在的，既然我没有，我就自己去建造。

初结婚时，非常年轻，几乎没有社会工作经验，人也被动混沌。大家催着我快快买家具，想快点把一切纳入秩序，接下来的程序就是婚礼、生孩子，我给叨叨得心思烦乱，就胡乱选了一套。那年不知道为什么流行风格很磅礴的家具，摆在开阔展厅里的家具运回家来，才发现它们很大，线条很生硬，把我本不算小的二居室塞得很逼仄。我心里有模糊的抵触，但又分辨不清。

有一天晚上我出门吃饭，回家时，发现我妈来过了，默默地在我桌子上留了饭菜，她骑着自行车送来的（那年她还不到七十岁，没有免费公交福利，她舍不得花车票钱，骑行了好几公里，以一个老年人的体能，大概只能靠爱支撑了）。很多年了，我还记得那盒放在桌子上的饭菜。如果是我，女儿不肯工作，就想逃进婚姻，我能克制住绝望的怒火，默默地往桌上放一盒饭菜吗？

我不能忘记那盒饭菜，因为被包裹得严严实实，即使几个小时过去了，它还微温着。那就是妈妈的体温。无论怎样，她都包容着自己的孩子，哪怕她已经远远偏离了自己的期待。

在妈妈孕育我的时候，以胎儿形态存在的我，已经有了卵巢，里面又有着将来会成为我女儿的卵细胞，也就是说，我、我妈、我女儿，在很早以前，就是一体的。我们的生命是一整块的，共享一个源头，在分流独立之后，我们又重新汇合流淌。少年时代，我对妈妈是有怨愤的，恨她软弱，恨她优柔，恨她不独立，让我们被爸爸欺侮。我难过的是，她连打破一个碗都要心疼，却从不知道在我被爸爸挖苦讥讽时安慰我一句，我幼小的心灵难道比一个碗还廉价？很多年后，我才明白，她确实是懵懂的，缺乏心理学常识，社会环境对男性也是倾斜的，她不知道她和孩子被剥夺了尊严、自由，也意识不到心理伤害对人长远的负面影响。

所以，我找了一个和我爸爸完全相反的男性：温柔、专一，但却没有想到他的单纯心性，对恶缺乏想象力，也一样可怕。他糊里糊涂地闯祸，浑浑噩噩地把烂摊子和孩子都扔给我。我也没有想到，因为我的家庭变故，拖累了妈妈，使她的晚年倍加艰辛。我更没有想到，我和妈妈，两个寄希望于男性的女人，就是找了完全相反的男性，差别也只是遭遇不同的灾难。

这十几年里，我经历的是什么呢？应该就是妈妈曾经历过，也是所有年轻女性都曾经历过的："幻灭"，对男性拯救自身命运的幻灭，对结婚靠岸就幸福永存的幻灭。年轻时的我，对某些意味不明的模糊地带，人性中看不清楚的地方，都以最大的善意去揣测了，以至于后来看一切像戴上眼镜，那锐化的世界刺伤了我，然而，它更加真实。

我们家回归了母系社会，互帮互助，收拾着男人们留下的败局——我酗酒且家暴的爸爸留给大家的心理创伤，还有我自己家的残局。虽然我们三个女人貌似都没有很强的社会参与度：我妈退休，女儿上学，我是自由职业，但是，谁又能逃过时代的浪潮？我们都被动而隐性地参与了各种新鲜的社会思潮。我们家的家事，简直是各种思潮的回响："该成为怎样的人？""做一个自由的主体（安妮·埃尔诺）。"我妈帮我应对困境，正是一场小家庭里的"girls help girls（女性互助）"，还有："女性对结构性不公的觉醒"——家庭就是社会的小单元，像一滴水一样折射了时代的样貌。

我该怎样言说那些辗转的夜晚？是一点点挨过的恐惧地带，是在愤懑中力图保留尊严，是在失望中咬牙接过担子，是在命运粉碎幸福时，保有对碎片的爱惜。是的，分手比结合更让我明白爱情的重要，因为有过真挚的感情,所以才没有受到脏兮兮的情感伤害,这种洁净感它保护着我。作为一个写作者,最直接的证据就是:回读旧文,我并不会为那些幸福的即时记录而感到羞愧,它们是忠实于彼时情境的。

我的家没有了,那我就重新建造一个。我一点点攒钱,攒到一千块,我就换上了新灶具;再攒一千块,就换个新马桶,我强自振作,一天一平方米,把房子收拾整理出来。这个空间,就像我的心,就这么一平方米一平方米地焕发出新貌和生机。我把那套讨厌的家具一件件处理掉了,我也把自己曾经交托给别人的未来,一点点赎回来了。

我很喜欢《东京风格》《东京八平米》。现在想来,我可能并不热衷于僵化的婚姻生活,连带着很讨厌那套明显是用来过日子的乏味家具。后来我自己淘换出来的家居风格,就像我喜欢的书里的照片一样,其实是我和我女儿两个"一人居"叠加的结果,自由缤纷,无规则的乱搭,不华丽也不高级。但是它像是活着的有机体,是一点点长出来的,有着我们两个个体的呼吸。我最先拆掉的家具,就是几乎闲置的衣橱,我根本没什么衣服,那个衣橱纯粹就是配套用的,为了凑成一套新婚家具的样子,架出一个婚姻生活的结构和氛围。它就是个模板。我真正热爱的是书,是工作,拆掉衣橱的那天,我简直像拆掉了内心的枷锁。

我重装了灶具和抽油烟机,天天给自己做饭——平心而论,我不喜欢做饭,炎夏炒炖流热汗,冬天洗菜冻手疼,从采买到洗摘,加上事后清理厨房的费时,所付出的早已数倍于吃饭本身所带来的。一开始,我就在书桌上摆上碗盘,边看书边吃饭,后来我特地布置了一张吃饭专用餐桌——对于我,吃饭更近乎一种主权接管仪式,我将完整领受生命之苦乐,并郑重对待自由与麻烦。

有一次看小说,看到里面有个心理测试:你将要坐火车远行,你随身携带着五个动物:猴子、羊、狮子、马和奶牛。每到一个车站,你就得放弃一个。这个放弃的顺序，就是你心里对某些事物重要性的排序。我毫不犹豫地就放弃了猴子，因为它无用且很喧闹，我放在最后一站放弃的，是马。马既自由不羁又能驰骋载物，无论是美感取向还是实用性都很强。谜底翻出：猴子代表的是孩子，马是事业。

我羡慕孩子的率性，我女儿一直坦言，她不喜欢小孩，将来想做丁克，因为"作业太多，活着太累，时代太卷，不想再延续痛苦"。她说："难道你不想专心过自己的生活？"我嘟哝着转移话题……在我们那个年代，女性根本没有"不喜欢孩子"这个选项，以至于我从未认真想过我到底喜不喜欢小孩，我甚至不敢生出这个"反人类"的念头。而对我女儿而言，这就是最简单的直觉和事实。

而我并不是能全身心投入育儿的那种母亲，我心里始终惦记着工作：要写的段落，未查证的资料，空白的知识地带，我迫切地想去跋涉、去观赏、去创造。可人只有那么点精力，再搭上个二十四小时随时生出各种麻烦的孩子（家长群的信息提示一响，我就紧张，要去购买教参、辅导各种作业、准备各样物事），真是不够花。写作，本来就是我的另外一个孩子。也许，这是种反复冲突的内耗，不停转移又强拉回关注重心的折返，让我极度疲惫。

有两个我，一直在争夺生命的精力分配，一个热爱自由的我，和一个深爱孩子的我。在这两者的缝隙之间，我写下了这本书。

我记录琐细的日常，绝非想讴歌母爱的伟大，更不是炖一锅母慈子孝的鸡汤。我想写在当前严重内卷的环境中，从少年时代便被剥夺了自主性的孩子。我想记录下母职这无法反驳的天命，它的重量落实在具体生活中，被分解成沙砾的那种颗粒感。我试图速写被社会高速运作抛下的老年人……作为母亲、女儿、人的困境。女性如何像堂吉诃德和风车作战一样，徒劳地应对着乏味的琐事、应试教育、不承重的男性、失去伴侣的孤独老年——当代女性不是被饥荒和战乱给摧毁的，而是被日复一日、每日穿行其中的琐碎给慢慢磨损的。

这种隐性的磨损，是近处的痛苦。崇尚宏大语境的人，不屑去谈论它，他们更热衷于远方的苦难，而这磨损引发的呻吟，他们视之为女性软弱导致的抒情性——这房间里的大象，确实不像社会新闻那样有突兀刺人的戏剧性。它没有轮廓清晰的事件外壳，也不易于提炼出哲理，但既然这是我正在经历的生活，我就得如实记录。是的，我要它被看见。

我不想写教育心得，更不想写鸡娃书，我只想记录平凡人的日常相处。市面上的亲子文/书，趣味比较两极，要么向上写，偏精英化，比如父母培养出一个名校生，大家都想学习他们的教育经验，这其实是育儿领域的成功学。要么，就是向下写，对底层弱势人士的猎奇，比如奶奶瘫痪、爷爷智障、爸爸猝死、妈妈改嫁这样的家庭背景，读者也想一探其中的悲剧景象。

在我们这里，大约有一半的孩子上不了高中，高中生里，只有百分之一点四可以上985高校。但在我的印象中，很少见到那种关于普通家庭的亲子书，比如父母是工人/职员/小商贩，孩子是个普通学校或高职/技校的学生，他们过着平淡如水的家庭生活，而这样的人，其实是人群中占比例最多的。大家对与自己同质的"普通人"的生活，是觉得"无聊"，也"无视"的。

那我就想去"聊"和"视"。

我想写出那个接壤地带，就是在虚无中闪过的，悄然的一线光，一个最平凡的孩子，她那普通又珍贵的质地。是的，我要这不凡的平凡被看见。

我的写作立点一直都是：真挚地去拥抱生活，真实记下当下溢出的感受，不要活在抽象概念里，也不要戴着手套去写，我需要这两种诚实双向滋养的写作。虽然我的生活平淡琐碎，大概有几亿中国人都在过着这样的生活，但正因为此，我觉得我更应该把它写出来。写出人类共同负荷着的，巨大又琐屑的生活——这些年，我反复重读梅·萨藤的作品，我越来越发现，她的动力源是埋在植物、自然、田园生活之下的痛苦愤怒，如果没有这个东西在不停搅动,那么上端的写作就无以发生,也是缺乏生机的。

人生实苦。每天,被各种无聊重复的杂务磨耗,几乎是拖行在人生的沙石路上,在惯性的镜面上滑冰。每每午夜醒来,思路被擦得雪亮的瞬间,我都会被这巨大的虚无惊吓到。同时,在我们的文化里,幸福是不适宜被言说的,除非是作为过往背景,那凝固干涸的幸福遗迹,也是用于反衬今天的失落惆怅。在写作中,如果你想显得深刻真实,就必须得叙说苦难,假使是写人物评论,多挖掘对方的阴暗面,是显得犀利的有效捷径。

但是,幸福作为瞬间偶在的真实,它是存在的。所以,我也要诚实地记录它们——那就让我抢拍下那些转眼即逝的幸福瞬间吧。也希望你能看到:它其实是对大面积虚无、痛苦和软弱的反抗,并尊重它们的一体性,正如这些年我所学到的。

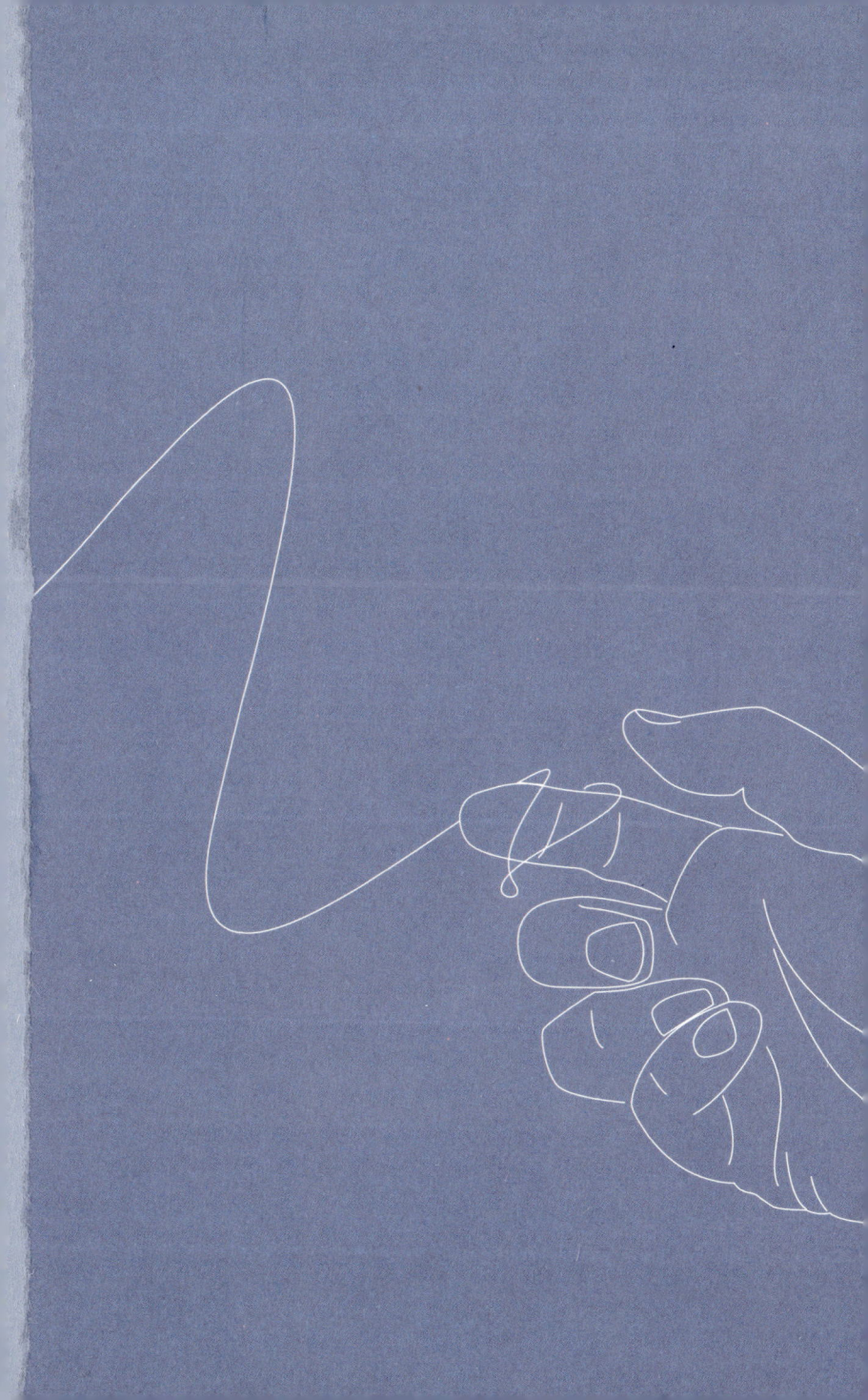

黎戈

作家,南京人。
代表作《私语书》《时间的果》《小鸟睡在我身旁》《静默有时,倾诉有时》《平淡之喜》《心的事情》等。